SWEET FIFTEEN

EMILIE ROUILLON

SWEET FIFTEEN

1

Vite. Il faut faire vite.

Postée derrière la porte de la chambre entrebâillée, j'entends les voix de Camille et Axel depuis l'entrée. Je ne peux pas distinguer ce qu'ils disent mais peu importe, je guette juste leur départ. Je regarde derrière moi en direction de la table de chevet où sont disposés une lampe, un réveil et à côté, un carnet rose ou plutôt un journal intime : celui de Camille.

Je tremble d'impatience à présent.

J'ai hâte qu'ils quittent la maison pour que je puisse ouvrir le journal et lire ce que Camille a consigné dedans. Je n'ai aucune idée de ce que je vais y trouver mais je l'ai vu en rêve et j'ai la conviction qu'il cache quelque chose d'important.

Dans mon rêve, c'était comme aujourd'hui. J'étais habillée avec un short en jean et un haut blanc et j'étais chez Camille et Axel. Le soleil brillait fort. Il faisait si chaud qu'Axel et Camille me proposait d'aller à la piscine mais ils voulaient aller faire une course avant à la supérette d'à côté et réapprovisionner le frigo en boissons et sodas parce qu'avec cette chaleur, nous en avions beaucoup consommé ces derniers jours et nos réserves se réduisaient comme peau de chagrin.

Je n'ai plus pensé à ce rêve jusqu'ici mais tout à l'heure quand Camille et Axel m'ont proposé d'aller en courses, que j'ai constaté que tout se déroulait comme dans mon rêve, j'ai percuté, j'ai eu comme un flash. Je me suis dit que si le rêve est en tout point identique à la journée d'aujourd'hui, ce n'est pas un hasard. C'est probablement un signe et il faut effectivement que je lise ce journal. Je leur ai dit que je préférais rester ici pour me reposer avant d'aller me baigner comme je l'avais fait dans mon rêve pour les éloigner de la maison.

J'entends enfin la porte d'entrée claquer. J'ai trente minutes devant moi, pas une de plus.

Je me précipite vers le journal.

En contournant le lit, je fais un mauvais calcul et me cogne violemment la cuisse dans le montant. Je fais les derniers pas vers la table de chevet en pressant fortement ma jambe avec le plat de ma main pour contenir la douleur lancinante.

Je saisis le journal, m'assieds en tailleur à même le sol et l'ouvre à la première page avec une certaine nervosité.

Je lis les premières lignes attentivement puis ce qui suit en diagonale car le récit ne contient que des banalités. Camille raconte ce qu'elle a mangé ce jour-là, qu'elle a fait une balade en vélo etc. Rien d'intéressant en somme.

Je tourne les pages au hasard et laisse mon instinct me guider. Je vois mon nom "Amy" écrit à plusieurs reprises, alors je m'arrête et reprends la lecture depuis le haut de la page. Camille parle de moi, de la première fois où je suis venue ici lui donner des cours du soir et un peu plus loin, elle parle aussi de Marie, ma meilleure amie cette année.

Comme je ne trouve rien d'exaltant, je me décourage rapidement : je passe quelques pages et lis la suite de manière détachée.

Puis, je me ravise.

Je repense au rêve et je décide de revenir en arrière et de lire sérieusement.

Quand soudain, je tombe au bon endroit : j'ignorais complètement ce dont Camille parle ici. Mon attention redouble. Je relis parfois deux fois la même phrase pour être sûre de bien la comprendre.

Puis, à la lecture de son récit, mes yeux commencent à se troubler. Ce qu'elle relate me déstabilise et me peine.

Les larmes envahissent bientôt mes yeux à tel point qu'il m'est difficile de continuer ma lecture. Les mots s'entrechoquent et ne forment plus qu'une longue trainée noire.

Je m'essuie le visage du revers de la main en reniflant pour pouvoir reprendre ma lecture au plus vite avant qu'Axel et Camille ne reviennent et me prennent sur le fait.

Je lis aussi rapidement que possible en me concentrant au maximum pour ne pas en manquer une miette.

Les minutes passent et je retrace les faits mentalement comme ils sont décrits dans le journal. Je connais les évènements qu'elle mentionne ici mais je n'en ai pas la même version.

Je n'en reviens pas, je pensais connaître tous ces gens qui ont gravité autour de moi cette année et il semble que j'avais forgé ma propre vérité à leur sujet.

Quand je termine la dernière page manuscrite, je referme le journal, le remets en place et reste assise par terre à reconstituer la mécanique des évènements.

C'est donc cela la vérité.

Je me suis carrément trompée.

Comment est-ce possible ?

Je me remémore à présent l'année écoulée en détaillant chaque chose pour essayer de les faire concorder avec le récit de Camille et éluder ce qui a bien pu m'échapper.

2

Maman m'a inscrit dans un nouveau collège pour ma rentrée de 3ème.

– C'est plus pratique, a-t-elle argumenté, ce collège est plus près de mon boulot. Comme ça, si tu as besoin que je te ramène à la maison en voiture…

Je ne lui ai rien opposé à vrai dire.

Je côtoie les mêmes personnes depuis la primaire et plus particulièrement, Lola et Clément. Nous nous entendons bien mais, malgré tout, je dois avouer qu'il m'arrive de m'ennuyer avec eux. En fait, nous ne faisons jamais rien d'exceptionnel. La plupart du temps, nous nous voyons les uns chez les autres. Nous discutons et nous écoutons de la musique, rien de plus. J'ai parfois proposé que l'on sorte au cinéma par exemple mais leurs parents sont plutôt réticents, d'autant qu'ils ne donnent pas d'argent de poche contrairement à Maman. Mais cela n'a pas l'air de déranger Lola et Clément.

Nous passons de longs moments tous les trois à écouter de la musique sans dire un mot, à attendre que les heures passent tout simplement.

Je pense qu'ils sont tous deux simples, raisonnables et que contrairement à moi, ils se contentent de peu.

Aussi, leurs parents les éduquent de manière stricte tandis que Maman est plutôt décontractée de ce côté-là. Elle me laisse faire mes choix et me répète régulièrement qu'elle me fait confiance, que c'est à moi de choisir ce qui est bon pour moi. En somme, elle n'interfère d'aucune sorte dans mes prises de décisions.

Je doute parfois que ce soit un choix délibéré de sa part. Je me demande plutôt si elle n'est pas obligée de me laisser faire, si elle n'est pas plutôt dépassée par le quotidien et qu'elle peine à me donner une éducation comme il se doit.

Oui, Maman nous élève seule ma sœur Eloïse et moi, et a un travail. Elle fait face aux dépenses du foyer, aux tracas du quotidien et même si cela lui coûte cher, elle a tout mis en œuvre pour que nous habitions toutes les trois dans une maison avec jardin après qu'elle se soit séparée de Papa.

–Je veux que mes filles aient chacune leur chambre, leur espace à elle, explique-t-elle à ses amies. Il n'est pas question que je parte vivre en appartement.

Mais je vois bien que c'est difficile certains jours.

Le pire, c'est quand elle rentre du boulot.

Je l'entends soupirer toute la soirée alors je n'ose pas trop lui parler, je me tiens à l'écart et j'essaie de me faire petite.

Parfois, elle explose.

Elle multiplie les reproches sur tout et n'importe quoi mais son sujet de prédilection, c'est le ménage. Elle trouve que la maison est un vrai bordel alors qu'à mon avis, ce n'est pas franchement le cas.

Après ça, elle se plaint qu'il n'y ait pas de pain frais pour le dîner et déplore, comme elle le dit, que personne dans cette baraque ne s'en soit préoccupé.

Avec Eloïse, ma grande sœur, nous restons bouche bée, avachies dans le canapé, les yeux scotchés sur la télé. Nous ne prêtons pas attention aux propos de Maman jusqu'à ce que le volume de sa voix augmente suffisamment pour nous sortir de notre torpeur.

–Je travaille toute la journée ! crie-t-elle, vous pourriez m'aider quand même !

Nous la regardons faire des allers-retours à toute allure dans le salon comme s'il y avait subitement une urgence. Comme si nous recevions la visite d'un invité de marque et qu'il allait débarquer d'une minute à l'autre. Elle replace un coussin sur le canapé, décale un fauteuil de quelques centimètres ou réajuste un peu un rideau.

– Qu'est ce qui se passe ? me chuchote Elo.

Comme j'en ai aucune idée et que je n'ai pas envie de chercher le pourquoi du comment, je fais péter ma bouche en guise de réponse.

Puis, nous nous regardons toutes les deux et nous nous mettons à rire sans véritable raison.

 Vous vous en foutez en fait ! hurle Maman en allant se réfugier dans la cuisine.

–Y a quoi là ? crie Elo depuis le canapé.

– Rien du tout ! Continuez à vous payer ma tête toutes les deux !

Il doit se passer un truc au boulot mais elle refuse de nous en parler, alors je laisse couler en espérant que l'orage passe.

Après ça, Maman prépare le dîner de manière machinale.

Tandis que les cordons bleus crépitent dans la poêle, elle regarde droit devant elle, les yeux dans le vague. Elle les retourne un à un avec sa spatule tout en continuant à fixer son propre reflet dans la fenêtre qui lui fait face.

Pendant le repas, elle ne mange pratiquement rien en appuyant lourdement sa tête sur sa main, le coude sur la table. Elle bidouille un peu avec sa fourchette. Elle trie ses aliments en constituant plusieurs tas colorés sur la porcelaine de son assiette. Puis, elle prend une inspiration avant de les porter à sa bouche comme si manger était une épreuve. Pendant qu'elle mâche lentement, elle écrase mollement un des tas jusqu'à le réduire en purée. Elle semble lessivée par la crise de nerfs.

Elle n'ingèrera pas tous les petits tas qu'elle a constitués et les jettera à la poubelle quelques minutes plus tard. Elle ne parviendra finalement pas à remplir son estomac et ira se coucher après ce repas frugal.

Depuis quelques temps, une ride, ou plutôt un pli, est apparu entre ses sourcils et ne la quitte jamais plus. Il semble avoir élu domicile ici et ne pas avoir l'intention de disparaître pour le moment.

J'aimerais que nous ayons une conversation tous les deux, le pli et moi, et qu'il me dise la raison de sa présence, parce que Maman, elle, ne veut rien me dire. Elle fait celle qui ne voit pas de quoi je parle alors que c'est évident qu'il y a un problème. Quand j'aborde le sujet, à la façon dont elle contourne les questions, je comprends qu'elle ne me dit pas la vérité.

– Pourquoi tu fais ce boulot s'il ne te plaît pas ? je demande.

– Qu'est-ce que tu racontes ? Il me plaît mon boulot.

– Je ne crois pas. Tu es tout le temps en colère, rétorqué-je.

– C'est pas vrai, pas tant que ça. Et puis, j'en ai besoin de ce travail. C'est comme ça. On ne fait pas ce qu'on veut dans la vie, répond-elle pour mettre fin à la conversation.

Je n'aime pas quand elle me dit cela. Cela me ferait presque froid dans le dos. J'espère que c'est faux, que l'on doit pouvoir faire ce dont on a envie à condition de s'en donner les moyens. A quoi bon avoir des rêves sinon ?

Mais je ne lui dis plus ce que je pense. Que c'est elle qui a tort. Que ce n'est pas en jetant l'éponge que l'on est heureux. Parce que je sais ce qu'elle va me dire. Elle va encore me dire que je suis dans la lune et qu'il faut que j'atterrisse si je veux réussir à faire quelquc chose de ma vie. Elle me dira aussi qu'elle sait de quoi elle parle puisqu'elle est adulte et que, moi, je n'ai que quinze ans.

D'ailleurs, Elo est en conflit quasi permanent avec Maman en partie à cause de cela. Elle ne se gêne pas pour lui dire ce qu'elle pense quitte à la rabaisser.

En fait, elle ne comprend pas qu'elle se contente d'une vie aussi chiche et n'a jamais envisagé que Maman fait probablement du mieux qu'elle peut pour nous préserver.

Elo dit qu'elle fera ce qu'elle veut de sa vie et qu'elle ne subira rien qu'elle n'ait pas décidé, à commencer par son mariage. Il n'est pas question pour elle d'épouser quelqu'un par passion. Le patrimoine du prétendant se doit d'être à la hauteur de ses exigences et du train de vie qu'elle veut mener.

En attendant l'époux richissime, elle trouve du plaisir à posséder des vêtements de marque mais pour les acquérir, elle doit travailler. Son argent de poche ne suffisant pas à couvrir ses frais, elle trouve régulièrement quelques heures de babysitting auprès des familles installées dans le quartier.

Quelle épreuve pour elle !

Durant ses gardes, elle peine à serrer dans ses bras les gamins morveux et en larmes, en quête de réconfort. Elle écourte alors l'accolade et se contente de leur donner une petite tape sur la tête.

Puis, dégoûtée par leur morve, elle s'empresse d'essuyer leurs nez avec un mouchoir qu'elle tient du bout des doigts et qu'elle redonne fissa aux bambins pour qu'ils le jettent eux-mêmes dans la poubelle.

Quand arrive le samedi, elle oublie toutes ces contrariétés en se promenant au centre commercial. Percevant son salaire à chaque garde, elle peut le dépenser à sa guise ou faire du repérage pour des dépenses futures plus conséquentes.

Elle passe alors des heures à regarder les vêtements de luxe avec un œil envieux. Puis, après avoir jeté son dévolu sur un jean, elle procède à un calcul mental, les yeux plissés, sous le regard amusé des vendeuses.

En fait, elle calcule le nombre d'heures de babysitting qu'elle devra effectuer pour l'acquérir.

Une fois fait, elle sort son smartphone pour y enregistrer la possible date d'achat dans son agenda. 15/10 : jean Prada.

Aussi, ma sœur n'aime pas porter les vêtements trop longtemps alors même si elle doit parfois économiser pour s'acheter certaines choses, elle dévalise régulièrement les magasins malgré tout, en achetant des vêtements à des prix abordables selon elle.

Une fois rentrée à la maison, elle les flanque dans son armoire sans retirer les étiquettes.

A première vue, cela paraît brouillon comme façon de faire mais en fait, c'est la clé de son organisation. C'est le meilleur moyen, selon elle, de distinguer au premier coup d'œil les vêtements neufs des vêtements déjà portés.

Certains d'entre eux seront portés qu'une seule fois, d'autres quelques fois quand même. Cela dépend de son humeur. Parfois même, elle change carrément d'avis et au lieu de les rapporter au magasin, elle les stocke dans un coin de son armoire sans jamais les porter.

Puis un jour, elle fait le grand vide. Elle fait son tri et me dépote les vêtements qu'elle ne supporte plus en vrac sur mon lit.

C'est une aubaine pour moi. Je n'ai pas besoin de me creuser la tête dans les magasins et puis, j'économise mon argent de poche.

Elo y trouve son compte aussi. Elle tient particulièrement à être à la mode. Elle fait ainsi de la place dans son placard pour ses futurs achats et peut ainsi renouveler sa garde-robe régulièrement. C'est du donnant-donnant en quelque sorte.

Maman nous emmène aussi plusieurs fois par an faire du shopping malgré ses maigres revenus. Elle nous autorise à choisir une tenue complète avec chaussures assorties et elle sait qu'elle nous fait ainsi plaisir.

J'aime bien ces sorties entre filles : c'est l'occasion de passer du temps ensemble en dehors de la maison. J'espère juste à chaque fois qu'Elo et Maman ne se disputeront pas. D'ailleurs, je ne sais pas pourquoi je continue à espérer. Elles ne peuvent pas s'en empêcher. C'est devenu une habitude, une sorte de rituel. Et pour bien faire, je suis bien souvent le sujet de l'embrouille : chacune veut me conseiller mais comme elles ont des goûts aux antipodes, la situation devient vite conflictuelle.

Ce que maman trouve beau, Elo le trouve moche et vice-versa. C'est à croire qu'elles le font exprès pour se confronter, un peu comme dans cette émission où les candidates sélectionnées se battent pour être couronnée reine du shopping.

Maman passe sa tête dans la cabine d'essayage, enthousiaste comme à son habitude, alors que je viens de passer un pull.

– Ça te va bien ma chérie !

A ces mots, Elo arrive aussitôt et ouvre le rideau d'un coup sec, sans même se demander si je suis visible.

– Et toi t'en penses quoi ? hasardé-je.

– Ho-rri-ble, répond-elle en se barrant la bouche avec l'index.

Je lève alors les yeux au ciel, dépitée.

Elo surjoue pour provoquer Maman qui tombe dans le panneau une fois de plus.

– Merci Elo ! Toujours aussi gentille !

Je rêve ! Comme si c'était le moment de se disputer alors que j'ai besoin de conseils avisés.

Et puis, c'est plutôt moi qui devrait être vexée. C'est de moi dont il s'agit mais elles semblent s'en moquer complètement et continuent à se chamailler.

– Mais Maman, je ne peux pas la laisser porter un truc moche ! réplique Elo.

Agacée, je ferme le rideau pour me changer. Je ressors de la cabine en passant entre elles deux sans qu'elles n'y prêtent attention et retourne dans les rayons du magasin en attendant que la crise passe.

Je les entends ensuite se chamailler ensuite au sujet d'une veste en cuir.

– Non Elo ! Je ne mets pas 200 € dans une veste !

– Mais pourquoi ? chouine Elo.

– Parce qu'elle est chère ! désespère Maman.

C'est affligeant. A chaque fois que nous sortons dans les magasins, Elo remet ça. Elle tente de faire acheter des vêtements hors de prix à Maman qui refuse et cela finit en dispute.

Je ne comprends pas pourquoi Elo insiste, pourquoi elle ne met pas de côté ses goûts de luxe d'autant que Maman ne cède jamais.

– Amy trouve des trucs sympas à des prix abordables, elle ! ajoute Maman.

Pitié ! qu'elles m'oublient ! Je m'éloigne discrètement pour ne pas être prise à parti.

– Evidemment, elle ne te contredit jamais, elle ! C'est la petite fille parfaite et moi, la fille ingrate ! s'indigne Elo.

– Hé, laissez-moi en dehors de ça ! protesté-je depuis le bout du rayon.

Mais elles ne semblent toujours pas me voir ou m'entendre.

Et finalement, après un débat qui semblait initialement sans issue, Elo semble à peu près apaisée. Elle semble avoir enterré la hache de guerre ou presque. Elle finit par nous suivre en caisse avec des vêtements à la main. Elle a dû finalement revoir ses exigences à la baisse mais elle fait quand même la tronche, histoire de ne pas céder une victoire complète au camp adverse. D'ailleurs, sa mauvaise volonté n'échappe pas à la caissière qui fait des sourires complices à Maman tout en flashant nos articles.

Une fois en dehors du magasin, elle ne décolère toujours pas et s'en prend même à moi.

– Tu pourrai me soutenir, ronchonne-t-elle, t'es bien contente de les récupérer mes fringues !

– Je t'ai rien demandé !

Elo se tait finalement et me tire la langue en guise de réponse.

Après le shopping, nous aimons aller boire un grand cappuccino avec de la chantilly dessus, accompagné d'un muffin aux myrtilles. Surtout en hiver quand il fait si froid dehors.

Les tensions semblent s'apaiser à la vue de toutes ces gourmandises.

J'attrape la chantilly avec une cuillère en raclant les bords du gobelet en carton et déguste ainsi la précieuse mousse sucrée. Quand un îlot blanc s'est formé au milieu du gobelet et seulement à ce moment-là, je pose ma cuillère et commence à boire mon cappuccino par petites gorgées pour laisser le temps au reste de chantilly de se dissoudre lentement.

Ici, le serveur en pince pour Maman. A chaque fois qu'il s'adresse à elle, il lui fait des sourires stupides entre chacune de ses phrases. Il essaie même quelques blagues pour la faire rire mais comme Maman est timide, il arrive au mieux à lui arracher un sourire.

– Tu devrais en jouer, dit Elo. On pourrait avoir plein de muffins gratos !

– Ce que tu es bête ! glousse Maman.

Puis, nous nous mettons à rire tous les trois. Contrairement à Elo et moi qui rions à gorge déployée, sans se soucier de la clientèle qui nous entoure, Maman se cache la bouche derrière sa main et tente de contenir son fou rire.

Quel dommage ! elle est si jolie quand elle sourit !

Même si ces sorties shopping sont toujours un peu chaotiques, je sais que j'ai de la chance de pouvoir partager un moment de complicité avec Maman et Elo.

Lola, mon amie de toujours, m'envie d'avoir une mère comme la mienne et rêverait de pouvoir faire du shopping avec la sienne mais sa mère se désintéresse complètement de la mode et Lola doit toujours batailler avec elle pour avoir un peu d'argent pour s'acheter de nouveaux vêtements.

Quand j'ai annoncé à Lola que je changeais de collège cette année, je crois que je lui ai vraiment fait de la peine.

– C'est naze, on ne sera plus ensemble, a-t-elle soufflé.

– On se verra le week-end.

– Ouais mais ce n'est pas pareil et puis ça fait des années qu'on est dans la même classe, a-t-elle répondu, boudeuse.

– Je sais mais ça ne changera rien entre nous.

– Ouais, tu t'en fous en fait ! s'est-elle énervée.

– Lola ! Tu sais bien que non !

– Elle fait chier ta mère avec ses idées à la con ! Ça te fait rire ?

– Ouais parce que la tienne est pire ! me suis-je esclaffée.

– Ah ah, c'est pas faux !

A la façon dont elle me regardait, dont ses yeux s'étaient mis soudainement à briller, et même si nous riions de bon cœur, je voyais bien que mon argument ne l'avait pas complètement convaincue.

Elle était persuadée qu'avec le temps, j'allais l'oublier et passer à autre chose. Je trouvais cette idée complètement farfelue à ce moment-là et je ne pouvais pas m'imaginer me séparer d'elle.

C'est vrai que nous traînons ensemble depuis longtemps maintenant et peut-être qu'elle a peur de se retrouver toute seule.

En vérité, je suis sa première et seule amie.

Disons que Lola a une particularité : une maladie infantile a provoqué chez elle un retard de croissance.

De ce fait, elle n'a pas l'air d'avoir quinze ans mais plutôt trois ou quatre ans de moins.

Et autant dire que ce n'est pas facile parce que les autres ne lui font pas de cadeaux au collège.

En même temps, elle ne s'en jamais plaint ouvertement et se défend assez bien je dois dire. Elle a d'ailleurs une sacrée répartie que j'admire.

Ce que j'aime bien aussi avec Lola, c'est que je peux lui parler de n'importe quoi, elle ne me juge jamais. J'ai même parfois l'impression de lui poser des questions bêtes mais elle se contente de m'expliquer cc qu'elle sait tout simplement.

En fait, nous sommes devenues amies en CM2. Nous étions dans la même classe mais n'étions pas spécialement copines. Je ne sais même pas dire avec qui elle traînait d'ailleurs avant notre rencontre.

Un jour, ses parents ont appelé Maman pour lui proposer de venir me chercher et de m'emmener à la fête foraine un de ces soirs. J'ai accepté immédiatement même si je ne connaissais pas vraiment Lola parce que Maman ne nous y emmenait jamais. Elle considérait que c'était comme de jeter l'argent par les fenêtres.

Clément, un garçon de notre classe que je ne connaissais pas spécialement non plus, était là aussi.

Ce soir-là, Lola avait très envie d'essayer un manège alors nous l'avons suivie et son père nous a accompagné par sécurité.

Vu d'en bas, le manège ne paraissait pas aussi sensationnel. Mais à peine le tour avait-il démarré que nous avions mal au cœur tous les trois.

Cramponnée à la barre de sécurité, la tête penchée en avant, je n'ai pas eu la force de regarder les autres. J'étais baladée à droite, à gauche comme une poupée de chiffon quand j'ai senti une main sur mon épaule. Je suis parvenue alors à regarder de côté et j'ai aperçu le père de Lola qui me souriait. Puis, il m'a serré fort contre lui et bizarrement, mon malaise a presque disparu.

Quand nous sommes descendus, sa mère, restée sur le bord, n'a pas pu s'empêcher de rire en voyant nos visages livides et nos efforts pour marcher droit. Son père s'est mis à rire aussi et nous avons finalement ri aussi tous les trois.

D'un commun accord, nous avons passé le reste de la soirée à jouer aux pinces sans rien remporter et sommes ensuite allés manger sur le pouce des merguez-frites extra-grasses.

Sur le retour, dans la voiture, pendant que Lola et Clément refaisait la soirée et notre épopée malheureuse dans le manège de la mort, j'ai surpris les parents se jeter des regards complices à l'avant de la voiture, le sourire aux lèvres, contents que leur fille se soit enfin trouvée des amis.

Nous sommes alors devenus inséparables tous les trois et nous avons en plus toujours été dans la même classe jusqu'ici.

L'année dernière, en 4ème, je suis sortie avec Clément, tout naturellement, comme si c'était une évidence, une suite logique à notre amitié.

D'ailleurs, je craignais que notre amitié avec Lola soit ébranlée à cause de cela car quand je lui ai parlé de notre rapprochement avec Clément, j'ai constaté qu'elle était réticente, un peu inquiète et puis finalement cela n'a rien changé entre nous.

Au début de notre histoire, Clément était un vrai coup de cœur. J'aimais sa gentillesse et l'attention qu'il me portait. Il m'envoyait des messages tendres avant que j'aille me coucher et il prenait des nouvelles tous les jours quand il partait en vacances avec ses parents.

Et puis un jour, mes sentiments se sont délités. Je répondais de manière plus brève à ses messages amoureux. Puis bientôt, je ne répondais plus systématiquement à chacun d'entre eux mais seulement à quelques-uns par ci par là.

Je ne me posais pas de questions sur mon envie subite d'éloignement mais cela a alerté Clément qui a redoublé immédiatement le nombre de messages à mon attention.

Le contenu a bientôt lui aussi doublé d'intensité. Il écrivait de plus en plus de petits poèmes qui n'ont pas eu l'effet escompté : plutôt que de m'attendrir, ses vers ridicules ont eu pour conséquence de m'éloigner davantage.

Ces messages sont alors devenus insistants et larmoyants et j'ai compris alors que c'était bien là la fin de notre histoire.

J'ai attendu le dernier jour de cours pour lui annoncer que c'était fini. Il savait déjà que je changeais de collège l'année suivante et je crois qu'il se doutait que j'allais le larguer.

Je ne l'ai pas fait avant parce que je me doutais que ça pourrirait notre relation à tous les trois et c'était aussi plus confortable pour moi je dois dire parce que je savais que je n'aurai pas à l'affronter à la rentrée.

Ce jour-là, pendant que je parlais ou plutôt que je tournais autour du pot, plutôt que d'en venir aux faits, il avait les mains dans les poches. Il jouait à faire rouler des graviers avec le bout de sa chaussure sans même me regarder comme s'il avait compris.

J'ai hésité un moment de peur de regretter mon choix. Je n'avais rien à lui reprocher après tout. Clément est un gentil garçon mais je pense que l'affection que j'avais pour lui me brouillait l'esprit.

Puis, je me suis enfin lancée.

Je crois lui avoir simplement dit que c'était fini, comme ça, sans fioritures. Je l'ai entendu murmurer « ok » alors je l'ai planté là et je me suis empressée de partir sans même me retourner.

3

C'est le matin de la rentrée. Je me prépare pour aller en cours mais je n'arrive pas à me décider, à choisir un haut convenable pour mon premier jour.

En me hissant sur la pointe des pieds, j'arrive, du bout des doigts, à en attraper un tout en haut de mon armoire. Je l'essaye et je me regarde aussitôt dans le grand miroir fixé derrière la porte de ma chambre. C'est le troisième essayage et c'est enfin le bon. C'est un haut bleu uni tout simple mais j'estime que c'est une valeur sûre. En tout cas, il le faut bien parce que c'est bientôt l'heure de partir si je ne veux pas être en retard.

J'avais mis le réveil à 7h00 hier soir mais je me suis réveillée bien avant à cause du stress sans doute. Cela fait plusieurs mois que je sais que je change de collège mais je n'avais pas imaginé que je serai aussi angoissée le jour J.

D'habitude, je ne suis pas si anxieuse à la rentrée. Comme j'allais en cours avec les mêmes personnes depuis des années, la rentrée des classes était une simple formalité jusqu'ici, une continuité de l'année précédente en somme.

Je n'ai pas envie que les autres pensent que je suis une pauvre fille et je sais toute l'importance d'une première impression. Un faux-pas dès le premier jour pourrait me coller à la peau jusqu'à la fin de l'année. C'est pourquoi j'ai mis tant de temps à m'habiller.

Je vérifie encore une fois ma tenue devant le miroir pour être sûre de ne pas m'être trompée.

Je me tourne dans tous les sens devant lui pour observer ma silhouette sous tous les angles. J'ai beau me tortiller pour voir mon derrière, je ne vois pas grand-chose. Pourtant je continue à le faire chaque matin.

Stop. Il faut que j'arrête de m'agiter, j'ai carrément les mains moites maintenant.

Que je sois rassurée, ce haut appartenait à Elo donc il y a peu de chance que je fasse une faute de goût.

– Pas encore partie ?

Je me tourne vers Elo qui vient justement d'entrer dans ma chambre.

– C'est bien ? demandè-je.

– Nickel. Tu veux que je te coiffe ?

J'accepte sans hésiter. J'adore que l'on me coiffe.

Elo s'assied sur le bord du lit.

Je m'assieds à mon tour, à ses pieds, à même le sol.

Elle passe la brosse d'avant en arrière en laissant filer mes cheveux entre ses doigts.

– Tu devrais les couper court, conseille-t-elle, un carré sous les oreilles, ça t'irait mieux.

Je plaque mes mains de chaque côté de ma tête et me mets à crier comme si Elo avait une paire de ciseaux entre les mains, prête à me couper les cheveux dans la seconde.

– Non ! J'ai pas envie !

– Pourquoi ? s'étonne-t-elle.

– Parce que c'est moche !

– Bien sûr que non, répond-elle calmement.

– La mauvaise foi ! En sixième, tu me l'as faite celle-là ! J'étais dégoûtée, j'avais une tête de champignon !

– Ah ! Ah ! J'adore la comparaison ! se moque-t-elle.

– Mouais…

Elo prend cette histoire à la légère mais à ce moment-là, j'étais vraiment fâchée, je lui en voulais à mort. D'ailleurs, quand je suis retournée en cours, je rasais les murs. En classe, j'entendais les autres rire derrière moi. Maintenant, je ne laisse plus personne m'approcher avec une paire de ciseaux : déjà que j'ai été à la garçonne pendant toute la primaire à cause des poux ! Alors maintenant, ça suffit, je les garde longs.

Vexée que je la contredise, Elo m'ébouriffe les cheveux avant de quitter la pièce.

– Ok, c'est toi qui vois ! Garde ton horrible tignasse !

Je me relève et remets mes cheveux en place à la va-vite. J'attrape mon sac de cours, une besace que j'utilisais déjà l'année dernière, et dévale les escaliers en courant.

Je fais un bisou sur la joue de Maman qui, postée dans l'entrée en robe de chambre, sent bon le café.

Je prends ensuite le bus qui mène au collège et vu le peu de voyageurs qui s'y trouvent, j'en déduis qu'il doit encore être tôt.

J'arrive effectivement devant le collège en avance.

Je remets ma veste que j'avais retirée dans le bus surchauffé car je sens le froid du matin me picoter le visage et les mains.

Je grelotte encore un peu malgré tout et je me dis que l'appréhension de la rentrée doit y être pour quelque chose.

Le portail est encore fermé et les élèves s'amassent devant peu à peu en formant des groupes.

Au plus près du portail, des élèves discutent tranquillement entre eux en attendant qu'il ouvre.

A l'écart, un groupe de filles et de garçons plutôt bruyants s'épaissit peu à peu.

Certaines filles sont occupées à se montrer leurs vêtements et à les commenter tandis que d'autres éclatent de rire entre elles à intervalles réguliers pour attirer l'attention.

Les garçons, eux, parlent fort pour qu'on les remarque aussi et chahutent en faisant semblant de se bagarrer.

J'en déduis que ce sont eux les plus populaires ici.

J'ai soudainement hâte que le portail s'ouvre.

Je viens de réaliser que les autres vont s'apercevoir que je ne connais personne et cela me met mal à l'aise tout à coup. Je regarde de tous les côtés pour voir si quelqu'un a remarqué. C'est stupide, je ferai mieux de ne pas bouger et de regarder au loin si je veux passer inaperçue mais je ne peux pas m'empêcher.

Enfin, un pion arrive et ouvre le portail.

Je passe devant l'administration et entre dans le hall qui fourmille d'élèves.

Certains se pressent pour rejoindre leur classe tandis que d'autres avancent nonchalamment ou s'arrêtent en discutant sur le passage comme si c'était un jour ordinaire.

Je me mets tout de suite à chercher ma salle.

Je n'ose pas sortir le plan que j'ai reçu par courrier quelques jours auparavant de peur de passer pour une cruche.

Mon ventre se serre tout à coup parce que je ne sais pour quelle raison, j'imagine que je ne trouve pas mon chemin et que je suis obligée d'aller au bureau des pions pour me faire accompagner.

J'imagine aussi les moqueries des élèves de ma classe me voyant pour la première fois, escortée par un adulte parce que je me suis perdue.

Cette image s'évanouit aussitôt quand je trouve finalement ma salle.

Des élèves sont déjà arrivés mais je les regarde à peine. Je m'assieds à une table au milieu de la classe et essaie de me convaincre intérieurement de me décontracter.

Je sens qu'on m'observe.

Par réflexe, je tire sur mes manches pour me cacher les mains au maximum et ne laisser apparaître qu'une infime partie de mes doigts et pour que l'on ne remarque pas mes ongles rongés.

Je dégage mes cheveux bloqués derrière mon oreille et cache ainsi le côté de mon visage.

Je joue avec une mèche de cheveux en la lustrant entre mes doigts quand j'entends une voix qui me fait sursauter.

– Salut ! Je me mets à côté de toi ?

Je tourne la tête et j'aperçois une jolie asiatique aux yeux rieurs.

– Leslie et toi ? continue-t-elle.

– Amy.

Elle a de longs cheveux noirs et soyeux qui lui couvrent le dos et un petit grain de beauté au-dessus de la bouche. Je me sens soulagée d'avoir enfin quelqu'un à côté de moi et je peux enfin respirer normalement.

Peu après, une petite dame entre d'un pas décidé dans la salle de classe en faisant claquer ses talons sur le sol de manière exagérée.

Sans dire un mot, elle s'empare d'un feutre posé sur le bureau et inscrit son nom sur le tableau blanc.

Nous nous penchons tous en avant pour lire au fur et à mesure ce qu'elle écrit.

D'ailleurs, elle écrit avec une telle énergie que tout son corps ondule sous l'impulsion de sa main, ce qui déclenche un rire général.

Elle se tourne alors brusquement pour nous faire face, le visage fermé. Elle n'a visiblement pas envie de rire. Elle porte une blouse blanche et des lunettes qui partent en pointe sur les côtés. Ses cheveux sont strictement tirés en arrière et forment un chignon impeccable sur le sommet de son crâne.

– Bonjour, je suis Mme Rose, votre professeure principale et je vais commencer par vous lire le règlement intérieur de l'établissement, dit-elle en fronçant les sourcils.

Génial.

– On ne va pas rigoler avec elle, chuchote Leslie.

Mme Rose a cessé de parler et nous fixe Leslie et moi en plissant les yeux.

Mince ! Elle a l'ouïe fine.

La lecture étant longue et inintéressante, je fais des gribouillis sur une feuille de papier à défaut de pouvoir bavarder avec ma voisine.

Puis, je suis distraite par des voix provenant du fond de la classe.

Je me retourne et j'aperçois deux gars qui discutent et se marrent comme si la prof n'était pas là.

L'un d'eux, plutôt mignon, avec de beaux yeux clairs me remarque.

– Ça va ? demande-t-il à voix haute.

Je réponds oui de la tête.

Leslie qui s'est retournée aussi ajoute :

– Ça va ? tranquille ? Vous voulez à boire et des p'tits gâteaux aussi ?

Comme la prof s'approche de nous dangereusement, je tire sur la manche de Leslie pour qu'elle reprenne sa place et nous nous taisons pour ne pas avoir de problèmes.

Pendant que Leslie somnole à côté de moi, je continue mes gribouillis jusqu'à la fin du cours.

Le cours suivant, celui d'anglais, est heureusement bien plus vivant.

La prof, énergique, traverse la salle de classe en un rien de temps, en sautillant presque, et commence déjà le premier cours de l'année.

Elle nous parle vite et qu'en anglais et certains élèves sont tellement largués qu'ils ne peuvent pas s'empêcher de se regarder entre eux et de rire.

Le cours est intéressant et contrairement au précédent, Leslie et moi le suivons dans son intégralité.

La prof nous distribue une liste de prénoms en anglais pour que nous en choisissions un pour son cours.

Je trouve l'idée plutôt amusante et je trouve rapidement mon bonheur parmi la liste.

– Moi ce sera Kate. C'est la classe ! dis-je fièrement.

– C'est naze, rit Leslie. Attends, je vais en prendre un bien, tu vas voir !

Elle m'arrache la liste des mains et se met en quête de son prénom. Je vois ses yeux courir de gauche à droite au-dessus du papier quand tout à coup, son visage s'illumine.

– Ça y est, j'ai trouvé ! Ruth !

– Rute ? Ah Ah Ah ! Comment tu dis ?

– Repeat after me : Russs, zozote-t-elle, oh ! j'arrive même pas à dire mon propre prénom !

Nous nous mettons à rire comme des folles. La prof s'approche gentiment et nous donne à chacune une demi-feuille A4.

– Allez les filles, faîtes un chevalet avec vos nouveaux prénoms mais vérifiez d'abord que personne ne l'a déjà pris, explique-t-elle.

– Moi, ça risque pas, glousse Leslie.

Nous nous mettons consciencieusement au travail. Alors que je suis occupée à écrire Kate en lettres capitales sur mon papier, Leslie me tape sur l'épaule.

– Hé ! Regarde les gars derrière !

Je me tourne vers le fond de la classe et les gars qui bavardaient au cours d'avant se tiennent droit comme des piquets sur leurs chaises, les bras croisés, en arborant un sourire de satisfaction.

Je trouve rapidement la raison de leur fierté en lisant leurs chevalets qui indiquent respectivement Georges et Robert. Nous nous mettons de nouveau à rire et bientôt toute la classe nous imite.

Et à mon attention, le gars au yeux clairs ajoute :

– Mais en vrai c'est Thibaut mon nom, t'inquiète pas ! Puis, il me fait un clin d'œil.

La cloche retentit enfin pour nous signaler la fin du cours et l'heure de la récréation. Je suis contente que Leslie soit avec moi au moment où j'entre dans la cour. Je sens les yeux braqués sur moi comme si j'entrais dans une arène. Alors, pour garder de la contenance, je regarde droit devant moi en ignorant les curieux.

Contrairement à moi, les filles qui marchent devant nous ont plutôt l'air d'apprécier l'exercice, elles se déhanchent à chaque pas comme si elles participaient à un défilé de mode.

Leslie et moi trouvons une place dans un coin pour nous asseoir et rapidement Thibaut, suivi de son voisin de classe, Max, nous rejoint.

Max est un drôle de gars toujours en train de plaisanter. Je suis surprise par l'intensité de son regard quand ses yeux noirs se posent sur moi.

Je remarque qu'il prend plaisir à enquiquiner Leslie. A chaque fois qu'il parvient à la faire râler, amusé, il me prend pour complice en se tournant vers moi le nez froncé, prêt à rire.

Aussi, quand il comprend que je ne suis pas venue ici parce que j'ai déménagé, il fait une drôle de déduction.

– Ah ! toi aussi tu t'es faite virée de ton bahut ! s'écrit-il.

– Tout le monde n'est pas comme toi, Max !

C'est Marie, une autre fille de la classe qui nous a rejoint.

– Bienvenue Amy. On traîne souvent ensemble tous les quatre donc tu devrais me voir souvent, ajoute-t-elle en agitant ses boucles blondes.

Quand arrive la fin de cette première journée, je pars avec mes nouveaux amis : Marie, Max, Thibaut et Leslie.

Nous remontons la rue tous les cinq quand Thibaut s'adresse à moi.

– Tu rentres comment ?

– En bus, dis-je.

– Ok je t'accompagne.

– Moi aussi, plaisante Max en venant coller son épaule contre moi.

– Non, toi tu rentres avec les filles ! s'exclame Thibaut en le poussant en direction de Marie et Leslie.

Nous nous séparons en deux groupes au bout de la rue. Thibaut et moi d'un côté tandis que les autres continuent leur chemin tout droit en traversant le carrefour.

Alors que nous nous approchons de l'arrêt de bus, je demande à Thibaut :

– Tu prends quel bus toi ?

– Je prends pas le bus. J'habite à deux pas. Je t'accompagne juste. Ça te dérange pas ?

– Non, dis-je en lui souriant.

Nous nous asseyons maintenant tous les deux sur le banc situé sous l'abribus.

– Alors tu penses quoi de ta première journée ? commence-t-il.

– Bien. C'était cool.

– Et des gens ?

– Sympas.

– Et moi ? Tu penses quoi de moi ? insiste-t-il.

– Euh… que tu es sympa.

– Sympa ? C'est tout ? s'indigne-t-il en faisant mine de s'en aller.

Je me mets à rire et je m'empresse de le retenir en ajoutant :

– Et drôle aussi !

Il se rassied à côté de moi, plus près cette fois-ci.

– Sympa et drôle, c'est pas mal. Toi, tu as de jolis yeux je trouve.

– Ah ! merci. Alors moi j'ai de jolis yeux mais je ne suis ni sympa ni drôle ? dis-je pour le provoquer.

– Si, si bien sûr !

Tandis que nous rions tous les deux, mon bus s'arrête à notre hauteur mais je ne bouge pas d'un cil.

– Tu ne montes pas dedans ? s'étonne-t-il.

– Non, c'est pas le bon.

– Mais si c'est celui là !

– Non. Pas du tout, dis-je en souriant.

Il comprend et me sourit en retour.

– Demain, on fait un basket après les cours. Tu viens ? demande-t-il.

– Je sais pas jouer.

– On s'en fout. Viens, on va rigoler !

J'accepte son invitation et nous continuons notre tête à tête.

Je laisse encore passer trois bus avant de le quitter.

Il s'est passé une heure mais je ne m'en suis pas rendue compte. Nous avons déjà plein de choses à nous raconter. Les mots sortent spontanément et il n'y a pas un seul blanc dans la conversation. Même si nous venons de nous rencontrer, j'ai l'impression que nous nous connaissons déjà.

Je monte dans le bus suivant à contrecœur. Il reste un moment à l'arrêt le long du quai quand j'aperçois Thibaut qui me regarde à travers la vitre avec un grand sourire. Puis, il plaque un morceau de papier sur la fenêtre où il a inscrit son numéro de portable.

Je ne peux pas m'empêcher de rire de son audace et oublie un instant les quelques voyageurs qui m'entourent.

Je fourre ma main dans mon sac, sort mon smartphone et enregistre le numéro juste à temps avant que le bus ne démarre.

Lorsque j'arrive à mon arrêt, je suis surprise d'être déjà à destination. Le trajet est passé vite tant j'ai été occupée à repasser le moment avec Thibaut en boucle dans ma tête, à faire pause sur les meilleures images pour les faire durer dans mon esprit.

Quand je remonte la rue jusqu'à chez moi, je suis si contente que j'ai l'impression de flotter.

Et à peine ai-je passé le pas de la porte de notre maison que je m'empresse de monter dans ma chambre à l'étage pour appeler Lola et tout lui raconter.

– Ah ! Je suis trop contente que tu m'appelles Amy ! Tu vas bien ? demande-t-elle, enjouée.

– Bah ouais et toi ? dis-je en m'allongeant sur mon lit.

– Ça va. Et ta rentrée ?

– Super et toi ?

– Ouais ça va mais ça fait bizarre que tu sois pas là, se plaint-elle.

– Ouais, je sais. Tu viens chez moi ce week-end ?

– Ouais super ! Faut juste que je négocie avec ma mère. J'ai eu des sales notes en solfège. Le prof m'a saquée.

– Ah ?

– Non mais t'inquiète pas. J'amènerai ma flûte pour bosser et ça devrait pas poser problème.

– Ne compte pas sur moi pour t'écouter jouer !

– Tu me dois au moins ça, tu m'as laissée tomber j'te rappelle !

– Je ne t'ai pas laissée tomber Lola ! dis-je en soufflant.

– Mouais…Ils sont sympas les gens de ta classe ?

– Ouais ! il m'est arrivé un truc d'ailleurs, faut que je te raconte.

– Vas-y, Vas-y, raconte moi !

Je lui parle de mes nouveaux potes mais surtout de Thibaut, de ses yeux clairs, de son humour, de notre conversation sous l'abribus et même de la façon originale dont il m'a donné son numéro.

– Ouah c'est cool ! Je suis contente pour toi. Moi je n'ai jamais de trucs comme ça à te raconter…

– Oh arrête ! On se voit Samedi Lola ?

– Oui et au fait t'as le bonjour de Clément.

Je m'en fous de Clément maintenant mais ça me fait quand même plaisir de savoir qu'il pense à moi.

Après avoir raccroché, j'envoie un message à Thibaut pour qu'il ait aussi mon numéro. Il répond sans tarder et me demande si je suis toujours partante pour le basket du lendemain. Il doit vraiment y tenir.

Le lendemain, après les cours, nous allons effectivement faire un basket.

Alors que nous arrivons sur le terrain qui jouxte le collège, j'aperçois une fille que je ne connais pas et qui semble nous attendre.

Elle n'est pas franchement accueillante et ne prend même pas la peine de me faire la bise tant elle semble pressée de jouer.

Quand je me présente à elle, elle me répond du tac au tac :

– Moi c'est Emma. Bon, on joue ?

Quand le jeu commence, nous nous passons tranquillement la balle avec Marie et Leslie tout en discutant.

Emma, elle, est à fond. Elle arrive sans crier gare, m'arrache le ballon des mains et repart en courant de plus belle.

Elle semble sportive, contrairement à moi, et est plus grande et plus élancée aussi.

Je la regarde évoluer un moment : elle se déplace avec agilité sur le terrain et zigzague entre les joueurs avec une facilité déconcertante.

Max me sort de mes pensées en me passant gentiment le ballon et comme Thibaut me fonce dessus, je ne trouve pas d'autres moyens que de le cacher sous ma veste.

Je suis courbée en deux pour ne pas qu'il puisse me le prendre et à force de chahuter tous les deux, je finis par terre en fou rire.

Leslie de son côté est montée sur le dos de Max pour l'empêcher de venir en aide à Thibaut.

Elle s'accroche à son cou de toutes ses forces mais malheureusement son poids plume ne lui permet pas de le neutraliser.

Max parvient malgré cela à courir et même à sauter pour mettre un panier. Marie vient m'aider à me relever en me prenant par la main et nous décidons de déclarer forfait.

Nous préférons aller glander sur un banc pour discuter et commenter le match.

Leslie qui a libéré Max, reste au bord du terrain pour l'encourager en agitant des pompons imaginaires et en jouant à la cheerleader.

Sans nous, la partie s'est accélérée.

D'où je suis, j'ai tout le loisir d'observer Thibaut. Il s'en sort plutôt bien face à Max et Emma. Apparemment coincé, il parvient à s'arracher à ses adversaires à plusieurs reprises pour aller marquer. Emma ne se démonte pas face aux deux garçons malgré la vitesse du jeu et les heurts. Elle parvient même à marquer quelques points.

Au fur et à mesure du jeu, elle se rapproche de plus en plus de Thibaut.

En début de match, elle lui tapait dans la main pour se féliciter d'un panier mais maintenant elle le bouscule gentiment de l'épaule en passant à côté et je crains qu'elle se jette bientôt dans ses bras.

Tout en les observant, je tire machinalement sur ma veste pour cacher mes cuisses que je trouve grosses quand je suis assise.

– Ils étaient ensemble l'année dernière, me dit Marie qui a sans doute remarqué mon malaise. Ils ont passé leur temps à casser et à se remettre ensemble, ajoute-t-elle, en levant les yeux au ciel.

Je ne sais pas si c'est censé me rassurer.

Je ne sais même pas trop quoi en penser à vrai dire, je verrai bien.

4

Nous sommes samedi et comme prévu, Lola est arrivée en début d'après-midi pour passer le week-end à la maison.

Allongées toutes les deux sur mon lit, Lola a posé sa tête sur mon ventre et se lamente tout en jouant avec ses doigts.

– Tu me manques, c'est nul de pas être dans le même collège. Ce serait mieux si tu revenais, se plaint-elle.

– Mais arrête avec ça, dis-je, on se voit quand même.

– Ouais mais je voudrais qu'on soit ensemble en cours.

– Lola…, dis-je lasse, et sinon y a des mecs mignons dans ta classe ?

– Bof. Et toi c'était comment le basket mercredi ?

– Bof. Y avait Emma, l'ex de Thibaut.

– Ah bon ? s'étonne Lola.

– Ils étaient assez proches, tu vois. Et en plus, elle est plutôt mignonne.

– Ouais bah tu t'en fous, t'es mignonne aussi.

– Elle joue vraiment bien au basket, ajouté-je.

– Pas sûr qu'il cherche une basketteuse professionnelle ! blague Lola, et puis, vous avez bien discuté l'autre jour à l'arrêt de bus, il ne serait pas resté s'il s'en foutait, ajoute-t-elle.

– Ouais sûrement, dis-je sans conviction.

– Bah moi mercredi, j'étais chez Clément. Il avait invité un pote et comme on ne savait pas quoi faire, on a fait un strip poker.

– T'es sérieuse ?

– T'y as déjà joué ?

– Non, certainement pas ! Et alors ? Qu'est-ce qui s'est passé ?

– J'ai perdu.

– Et tu t'es déshabillée ?

– Bah oui, c'est le principe ! s'exclame Lola.

– Oh j'y crois pas !

– Et je me suis retrouvée en culotte ! ajoute Lola.

– Lola, tu déchires ! je te félicite !

- Bah quoi ? J'm'en fous, j'ai pas encore de seins moi ! rit-elle.

Nous explosons de rire toutes les deux.

Nous rions un bon moment jusqu'à en avoir mal au ventre comme souvent quand nous sommes ensemble. Puis, une fois le four rire passé, je lui propose d'aller faire les magasins.

– Ok mais je bosse ma flûte d'abord ! lance Lola.

– Mais Lola, on s'en fout !

– Ma mère va me faire une crise si je répète pas ! rétorque-t-elle.

– Mais t'aimes pas ça ! Pourquoi tu continues ? Envoie la promener une bonne fois pour toute ! dis-je agacée.

– J'ai pas le choix, répond-elle en baissant les yeux.

– Moi, ma mère ne m'impose rien.

– Ouais je sais. Elle est trop cool, soupire-t-elle.

– T'as qu'à te rebeller !

– Ouais t'as raison, dit-elle en regardant sa flûte posée à l'autre bout du lit avec défiance.

Puis, elle saute tout à coup sur ses pieds pour descendre du lit et va s'asseoir sur sa flûte en pétant.

– Je sais pas si on te l'a déjà dit mais tu as vraiment un grain Lola ! dis-je en riant.

– Désolée, c'est tout ce qu'elle m'inspire ! rit Lola.

Nous nous regardons un moment en silence puis nous explosons de rire à nouveau.

Lola fait toujours des choses dingues qui me font marrer. Sous ses airs de gamine, Lola est une fille excentrique bourrée d'humour.

Elle laisse finalement tomber sa répétition de flûte et me suit au rez-de-chaussée.

En traversant le salon toutes les deux pour quitter la maison, nous marchons sur des bâches disposées sur le sol.

Face à nous, Elo et Maman sont à genoux l'une à côté de l'autre, occupées à repeindre les murs dans un blanc éclatant.

– Vous vous sauvez ? demande Maman.

– On va en ville Maman, je réponds, tu veux qu'on reste pour t'aider ?

– Non, allez vous promener ! on se débrouille bien à deux !

– Tu repeins le salon ? je demande en regardant le mur qui me fait face.

– Oui, je trouve que ça manque d'air ici, répond-elle.

Lola s'étonne toujours de voir Maman en plein travaux à chaque fois qu'elle vient ici.

C'est vrai qu'elle repeint régulièrement une pièce, un meuble, qu'elle change souvent les rideaux ou la nappe sur la table de la salle à manger.

Cela n'a rien d'une manie ou d'une volonté extrême à entretenir la maison. En fait, j'ai compris que ces menus travaux lui font du bien et l'occupent tout en lui vidant la tête.

Avant de sortir de la maison, je m'approche de Maman, elle écarte les bras pour ne pas me tâcher avec ses mains souillées de peinture blanche et me tend son front sur lequel je dépose un baiser.

Lola et moi rejoignons ensuite le centre commercial en bus.

Lola est parvenue, par je ne sais quel moyen, à convaincre sa mère de lui donner un peu d'argent de poche de temps en temps. Elle n'a encore rien dépensé même si elle s'est déjà rendue à plusieurs reprises dans les magasins pour y acheter des vêtements. Elle est repartie bredouille à chaque fois et compte aujourd'hui sur moi pour l'aider à dépenser le petit pécule qu'elle s'est constitué.

Nous déambulons dans les rayons d'un magasin que je trouve sympa.

Je ne désespère pas de convertir Lola à la mode.

Cet après-midi, c'est l'occasion ou jamais, d'autant qu'elle a le même look depuis le CM2 : jean droit, pull qui a fini par bailler avec le temps et baskets.

Pas des baskets sympas et stylés que l'on porte tous les jours mais des baskets que l'on met plutôt pour aller en sport. Rien de bien féminin en somme.

Je l'envoie en cabine d'essayage avec des fringues que j'ai sélectionnées pour elle.

J'ai écarté d'entrée de jeu les mini-jupes et les décolletés parce que je sais qu'elle les aurait refusés en bloc. Je me garde bien de lui provoquer un choc d'entrée de jeu.

J'attends maintenant avec impatience devant la cabine quand elle m'appelle pour que je vienne voir.

– Ouah ! ça te va vachement bien ! dis-je en la rejoignant.

– Je sais pas, répond Lola en se tenant les mains.

– Tu le sens pas ?

– Non pas trop.

Comme elle n'a pas l'air bien, je n'insiste pas.

– Peut-être que c'est pas ton jour, on verra ça plus tard ok ?

– Ouais, je préfère, dit-elle en refermant le rideau derrière moi.

Je repars me promener dans les rayons du magasin le temps qu'elle se rhabille sans vraiment regarder les vêtements qui m'entourent.

Je me raisonne pour ne pas céder à la colère. Ce n'est quand même pas compliqué d'enfiler un vêtement ! Je ne comprends pas pourquoi elle se braque comme cela, c'est simple pourtant !

Au détour d'un rayon, je tombe nez à nez avec Thibaut et Marie. Je ne peux pas m'empêcher de piquer un fard en le voyant.

Je leur fais la bise quand Marie me dit quelque chose que je ne comprends pas tout de suite.

– C'est ta petite sœur ?

Marie me fait un signe de tête pour que je me retourne.

J'aperçois alors Lola qui nous a rejoint et je comprends que c'est d'elle dont Marie parle.

En guise de réponse, Lola lui lance un de ces regards mauvais qui signifie je t'emmerde.

Moi, je ris jaune et comme je ne sais pas quoi dire, j'expédie Marie et Thibaut un peu à contrecœur en prétextant que nous devons partir.

Sur le trajet du retour, Lola et moi sommes silencieuses. Nous regardons chacune de notre côté sans nous adresser la parole.

Je sens qu'il se passe quelque chose, qu'un fossé qui n'existait pas il y a quelques mois en arrière est en train de se creuser entre nous deux.

C'est la première fois que je ressens ça.

Je me rends compte que Lola ne changera pas et je me demande si nous sommes vraiment amies parfois, si ce n'est pas plutôt l'ancienneté qui nous tient.

Si je la rencontrais aujourd'hui, nous ne deviendrions pas amies, c'est certain. Et étant donné la réaction de Marie, je crains qu'en restant avec elle, je passe à côté de nouveaux amis.

En même temps, cette amitié exclusive ne peut pas me convenir, j'ai besoin de voir d'autres personnes.

La sonnerie de mon smartphone me sort de mes pensées.

C'est Thibaut qui m'écrit :

« Dommage que tu sois partie si vite »

Je réponds sans attendre.

« Désolée, des trucs à faire »

« Tu reviendras au basket ? »

J'en profite pour lui tendre une perche puisqu'il aborde ce sujet.

« Je sais pas j'ai peur qu'Emma me morde »

Je laisse passer quelques minutes et montre notre conversation à Lola :

– Regarde, il ne me répond pas.

– A quoi ? demande-t-elle.

– A mon allusion à Emma !

– Et alors ? Tu t'en fous d'elle, Amy ! crie-t-elle soudain.

Sa réaction me fait rire.

– Non mais sérieux ! ajoute-t-elle sans décrocher un sourire.

Puis, à force de me voir rire, elle se met à rire également. Je passe alors mon bras autour de son cou et l'attire contre moi.

Le bus nous dépose à l'arrêt le plus proche de chez moi. Sur le chemin qui nous reste à parcourir à pied, nous plaisantons de nouveau toutes les deux comme si l'incident avec Marie était déjà oublié.

Nous entrons joyeusement dans la maison mais nous sommes tout de suite rattrapées par l'ambiance électrique qui règne ici.

– Je m'en fous de ce que tu penses Elo ! Tu m'entends ? hurle Maman tandis qu'Elo gravit l'escalier en tapant du pied sur chaque marche dans un boucan d'enfer.

Je ne sais pas pour quelles raisons Maman et elle se sont encore disputées mais j'ai mon idée.

La dernière fois qu'elles se sont disputées, Elo a menacé d'aller vivre avec Papa. Comme Maman en avait marre de l'entendre dire cela à chaque fois, de subir un chantage, elle lui a répondu qu'elle n'avait qu'à l'appeler pour le rejoindre.

Par provocation sans doute, Elo s'est exécutée sur le champ. Papa l'a écouté se plaindre quelques minutes puis, fuyant comme toujours, lui a bredouillé d'être sage avec Maman avant de raccrocher.

Autant dire qu'Elo était inconsolable après cela.

Elle a pris conscience ce jour-là que Papa ne voulait pas d'elle.

Comme j'avais de la peine pour elle, je suis allée la consoler mais j'aurai fait mieux de m'abstenir.

Elo était en rage contre moi et n'arrêtait pas de hurler qu'elle n'était pas triste à cause de Papa mais à cause de Maman et moi, qu'être coincée avec nous deux était la pire des punitions et que c'est à cause de cela qu'elle se sentait si mal.

Alors que je reste immobile dans le salon à observer la scène, Lola m'interpelle.

– J'ai amené des bières, chuchote-t-elle.

– T'es folle mais c'est une bonne idée. Viens, on se casse ! dis-je.

Nous quittons la maison et nous dirigeons vers le square situé au bout de la rue. Sous les arbres, il y a un banc qui, par chance, n'est pas déjà squatté et sur lequel prenons place. Lola sort alors une bouteille de bière de son sac à dos. Elle fait sauter la capsule avec un briquet et boit quelques gorgées avant de me la donner.

A mon tour, je bois un peu du liquide chaud et amer en faisant la grimace tandis que Lola se met à raconter nos souvenirs.

La fois où, parce que nous avions vu un reportage à la télé, nous avions entrepris de dresser son chien sur un parcours improvisé dans son jardin. La pauvre bête obèse tirait la langue, épuisé, et ne comprenait rien à rien.

La fois où son voisin nous avait coursé dans le quartier parce que nous l'avions espionné en train d'embrasser sa copine par la fenêtre de sa chambre.

La fois où mon petit copain de 5ème avait eu la mauvaise idée romantique de balancer un caillou dans ma fenêtre pour m'appeler plutôt que de sonner à la porte.

Le carreau avait alors explosé sous l'impact, j'avais pris une gifle et j'avais dû rembourser les frais à Maman.

Ce qui est sûr c'est que Lola et moi sommes douées pour raconter des bêtises mais pas pour boire.

En remballant, Lola s'aperçoit que nous n'avons même pas bu la moitié d'une bouteille.

En versant le reste par terre, elle me demande :

– Tu crois que les plantes aiment ça ?

– Y a peu de chance, c'est dégueulasse.

– T'as raison. Pitoyable, on n'est même pas foutues de picoler ! rit-elle.

Quand nous rentrons à la maison, Maman et Elo sont couchées.

Nous gravissons l'escalier sur la pointe des pieds pour rejoindre ma chambre.

Nous nous déshabillons pour nous mettre au lit et discutons jusque tard dans la nuit, lumière éteinte.

Et le lendemain quand Lola s'en va, j'ai le bourdon.

Je me rends compte que la maison est silencieuse et je ressens un vide.

Maman et Elo se sont sacrément engueulées une fois de plus et je n'avais pas remarqué ce silence pesant jusqu'à ce que la joyeuse Lola parte.

Je vais dans la chambre d'Elo voir ce qu'elle fait de beau mais elle me rembarre en me disant qu'elle veut être seule.

Je vais donc voir Maman qui est devant la télé en train de regarder un feuilleton.

J'essaye d'engager la conversation pour rompre mon ennui mais elle me fait chut. J'essaye alors de regarder le film mais il est vraiment chiant.

Je remonte donc dans ma chambre.

Je relis mes cours un moment puis je décide d'écouter de la musique.

Je m'étale sur les coussins moelleux qui occupent mon lit et je m'endors finalement, écouteurs sur les oreilles.

Du coup, quand je me lève le lendemain matin, je suis pressée de me préparer et de partir en cours pour retrouver les autres.

En descendant les escaliers, je sens l'odeur du café et de la bonne cuisine.

Maman s'affaire dans la cuisine et semble de bonne humeur contrairement à hier. Elle fait sauter des crêpes tout en parlant sans arrêt, comme si elle était subitement frappée de logorrhée.

Je m'attable tranquillement.

Du bout des doigts, je saisis une crêpe encore chaude dans la grande assiette disposée au centre de la table.

A l'aide d'une cuillère, j'étale sur ma crêpe de la confiture de fraises en prenant soin de combler chacune des aspérités.

J'écoute d'une oreille distraite le discours de Maman tant je suis occupée à savourer le petit déjeuner jusqu'à ce qu'elle se montre vraiment insistante.

– T'es contente ma chérie ? Elle est bonne ta crêpe ? Et Lola, elle était contente de son week-end ?

– Moui M'man, je dis la bouche pleine, la réponche est oui pour tout.

Je pars ensuite en cours le cœur léger, contente de retrouver mes nouveaux amis après ce week-end tumultueux.

Je ne vois pas la semaine passer.

Les cours ne sont pas une contrainte ici tant je passe du bon temps avec la bande et j'en oublie même les tensions qu'il y a la maison.

Un soir, après les cours, nous restons discuter près du terrain de basket avec Marie et Leslie et les pronostics sur les garçons vont bon train.

– Je me vois bien avec Max, déclare Leslie. Il est mignon, je trouve.

Elle écarte gracieusement une mèche tombée sur son visage avec ses longs doigts fins tout en disant cela. Ce qu'elle peut être jolie !

– C'est que j'aime les mecs drôles, ajoute-t-elle.

– Bah avec lui, t'es servie ! se moque Marie.

Nous nous regardons avec complicité toutes les deux et nous nous mettons à rire aux éclats.

– Pourquoi vous riez ? demande Leslie, véxée.

– Parce qu'il est incontrôlable et toi aussi. Et si vous sortez ensemble, ça va faire des étincelles ! je réponds.

– Vous ne pouvez pas comprendre, nous sommes des artistes, dit-elle faussement sérieuse. Et toi Amy ? Quelqu'un te plaît ?

– J'aime bien Thibaut.

– Sans blague, on n'avait pas remarqué ! s'exclament les filles en chœur.

– Mais je sais pas trop…, dis-je, hésitante.

– Pourquoi ? Dis-moi ! je le connais par cœur ! s'exclame Marie.

– C'est à cause d'Emma. Elle faisait la gueule l'autre jour au basket et puis, je suis pas sûre que Thibaut ait décroché.

– Ne t'inquiète pas pour elle, répond Marie, et pour Thibaut, je peux te garantir que tu lui plais.

– Ça c'est sûr, confirme Leslie.

– Il vous a parlé de moi ? je demande.

– Tu vois que tu poses les bonnes questions quand tu veux ! se moque Marie.

– Vas-y raconte, ça m'intéresse ! dis-je en me tapant les cuisses d'impatience.

– Il m'a raconté votre conversation sous l'abribus, il était content de te croiser au centre commercial et il te trouve très mignonne aussi, explique Marie.

– Cool !

– Je crois qu'il attend juste que tu ailles un peu vers lui, ajoute-t-elle. Il voit que tu hésites donc il n'ose pas trop, tu vois.

– C'est vrai, dit Leslie, je peux t'aider si tu veux !

– Non merci Leslie, ça ira, dis-je en grimaçant.

Mais Leslie ne m'écoute pas et s'est déjà éloignée.

– Qu'est-ce qu'elle fait ? je demande en posant ma tête sur l'épaule de Marie qui rit déjà.

Leslie revient rapidement un pissenlit à la main et se met à genoux devant nous :

– Thibaut ! s'exclame-t-elle, accepte cette magnifique fleur en gage de mon amour sans failles !

Superbe !

Nous l'applaudissons et Leslie, habitée par son rôle, nous salue et nous remercie comme une actrice de théâtre le ferait devant un public en folie.

– Cette fille est folle ! dis-je tout fort comme si elle n'était pas là.

– Elle ira bien avec Max finalement, ajoute Marie.

– On est fait l'un pour l'autre, répond Leslie sans se démonter.

Elle regarde maintenant au loin comme ses actrices habitées par le drame en soupirant puis revient soudain à la réalité :

– D'ailleurs Amy, ça m'arrangerait que tu te rapproches de Thibaut si tu vois ce que je veux dire, dit-elle en s'appuyant sur moi. Comme ça, tu pourras m'arranger le coup avec son pote !

– Tu perds pas le nord toi ! je m'exclame.

Puis, tout en me serrant dans ses bras, Leslie ajoute :

– Merci ! Je savais que tu dirais oui !

Au collège, nous passons quasiment tout notre temps avec les garçons. Je m'entends particulièrement bien avec Thibaut mais je sens une réserve malgré tout.

Les filles me disent que c'est probablement dû à « l'effet Emma », qu'il prend son temps parce qu'il aurait souffert de sa jalousie.

Nous décidons alors d'organiser une fête chez Marie dans quinze jours, quand ses parents ne seront pas là, pour forcer le destin.

Mais pour l'heure, Maman me conduit chez Lola.

C'est à mon tour de passer le week-end chez elle.

Sur le trajet, Maman conduit prudemment sa vieille Polo. Celle-ci aurait bien besoin d'une révision mais faute d'argent, Maman attend encore le mois prochain pour l'emmener au garage. En attendant, elle conduit doucement car la voiture fait de drôles de bruits depuis quelques jours.

Le trajet me semble interminable. J'aurai pu y aller en bus mais Maman a insisté pour m'accompagner.

Quand elle arrête la voiture devant chez Lola, elle me regarde avec un sourire crispé. Je crois qu'elle va me dire quelque chose, que c'est la raison pour laquelle elle m'a accompagné jusqu'ici mais elle ne me dit rien finalement, elle me dit juste de bien m'amuser et au revoir.

Tout en remontant l'allée de graviers blancs qui mène à la porte d'entrée, je me retourne à plusieurs reprises pour faire des signes à Maman qui me répond.

Elle me fait un signe ultime de la main et s'en va, doucement.

C'est la mère de Lola qui m'ouvre la porte un chiffon à poussières à la main.

Cette femme passe le plus clair de son temps à faire le ménage : nettoyer, dépoussiérer, récurer la maison dans chaque recoin et ne sort pratiquement jamais de chez elle.

Elle a bien changé en quelques années. Elle a perdu le sourire et la douceur qui la caractérisaient et porte désormais peu d'intérêt à son apparence physique.

Ses cheveux grisonnants sont coupés si courts qu'ils se dressent militairement sur sa tête.

C'est devenu une grosse femme avec des joues constamment écarlates.

Elle porte, par tous les temps, une blouse à fleurs par-dessus ses vêtements dont sortent deux gros bras blancs et flasques.

– Bonjour Amy, dit-elle sèchement.

– Bonjour Madame !

– As-tu fait tes devoirs pour lundi ? elle demande.

– Oui Madame.

– Parce que Lola a rien fichu ! alors certainement que je te demanderai de descendre au salon un moment pour la laisser travailler un peu, ajoute-t-elle.

J'acquiesce par un hochement de tête et elle se pousse sur le côté pour me laisser entrer dans la maison.

Depuis quelques temps, je sens que la mère de Lola n'adhère plus trop à notre amitié.

Elle me parle sèchement et me regarde avec méfiance comme si j'étais responsable du comportement de sa fille vis-à-vis d'elle.

Alors que je passe devant la cuisine, le père de Lola que je n'avais pas vu, m'interpelle :

– Bonjour belle enfant !

– Bonjour Monsieur !

Comme à son habitude, il feuillète son journal accoudé à la table de la cuisine tout en écoutant la radio.

Cet homme est tout l'inverse de sa femme : petit et assez maigre, il n'a déjà presque plus de cheveux sur la tête et il arbore une moustache qui lui donne un drôle d'air. Il est toujours de bonne humeur et ne manque pas une occasion de me faire une bonne blague.

Je me hâte cependant de monter dans la chambre de Lola pour échapper à sa mère et à d'autres remarques désagréables.

Quand j'entre dans sa chambre, Lola est allongée sur le lit et écoute de la musique en m'attendant.

Je devine à sa manière de regarder le plafond, les yeux dans le vague, qu'elle vient d'essuyer une dispute avec sa mère une fois de plus, probablement au sujet des devoirs à faire pour lundi et de ma venue.

Elle me dit d'emblée que Clément va passer et qu'il ne devrait pas tarder.

Lui, je ne l'ai pas vu depuis la fin des cours et vu comment je lui ai fait mes adieux, je le redoute un peu et je me demande comment il va réagir.

Je suis assise par terre à discuter des dernières nouvelles avec Lola quand sa mère entre sans frapper et lui demande de descendre du lit pour ne pas froisser le couvre-lit.

Face à la non-réaction sa fille, elle repart en claquant la porte.

– Elle me prend encore plus la tête depuis que je lui ai dit que j'arrêtais la musique, explique Lola.

– Je te soutiens à 100% Lola ! Ne la laisse pas te bouffer ! dis-je en levant le poing.

– C'est clair ! je veux pas finir comme mon père.

On frappe à la porte.

Comme je me doute que c'est Clément qui est arrivé, mon cœur se met à battre fort, si fort qu'il résonne jusque dans mes oreilles. Je me demande ce qui m'arrive.

Clément entre et je constate avec stupéfaction qu'il a drôlement changé en quelques mois.

Il est plus grand et disons, plus carré. Il a laissé pousser ses cheveux et les a attachés en arrière de manière un peu brouillon.

Les mèches qui retombent sur son visage lui donnent un aspect bien différent du gentil et sage garçon que je connais.

Il se retrouve presque contre moi lorsqu'il me fait la bise, ce qui n'est d'aucune aide pour dissiper mon trouble.

Il prend place sur le sol, à côté de moi et entame la conversation :

– Alors quoi de neuf ? demande-t-il.

– Bah ça va.

– Et ton collège, c'est comment ?

– C'est sympa.

– Ouais ?

– Ouais. Les gens sont cools.

– Tant mieux. C'est bien.

– Mais vous me manquez tous les deux ! j'ajoute.

– Ah ! quand même ! rit-il, ça me fait plaisir de te voir, ajoute-t-il en me donnant un léger coup d'épaule.

– Moi aussi, dis-je en baissant les yeux.

J'ai rougi, je le sens, je le sais aux picotements sur mes joues. Il me déstabilise mais en même temps, j'apprécie son assurance toute nouvelle.

– On fait un feu avec les gars ce soir. Vous venez ? demande-t-il.

– Ça m'étonnerait que ma mère nous laisse sortir, répond Lola.

– Venez ! ça va être sympa. On va juste discuter et boire des bières.

– Je sais pas, boude Lola.

– Faîtes le mur sinon ! lance-t-il.

– Bonne idée ! je m'exclame, on a qu'à faire ça Lola !
On attend que tes parents dorment et on se barre ni vu
ni connu !

Lola hésite un moment puis se laisse convaincre
finalement.

Après que Clément nous ait laissées, nous ne pouvons
pas nous empêcher d'exprimer notre excitation quant
à la soirée qui se profile.

Nous montons le volume de la musique restée en
sourdine jusqu'ici et nous nous mettons à danser
comme des folles en sautant à pieds joints à travers la
pièce.

Lola se met soudain à danser sur le balcon attenant à
sa chambre sans se soucier des passants, ce qui nous
déclenche un fou rire irrépressible.

Et pendant le dîner avec les parents de Lola, nous
rions toutes les deux à chaque regard échangé.

– Qu'est-ce que vous avez à rire les bécasses ? s'agace
sa mère.

– Laisse les s'amuser, intervient son père. Elles sont
jeunes et bêtes, ajoute-t-il en nous faisant un clin
d'œil.

Je suis sûre qu'il se doute que nous préparons quelque
chose mais il ne dira rien à sa femme.

Lui-même a fait quelques coups quand il était jeune et
à ce qu'il nous a raconté, il n'était pas triste.

– C'était pas bien méchant, on était jeune et puis
aucun d'entre nous a fini en tôle après tout, a-t-il dit
un jour.

Il a alors sorti une vieille photo de lui et sa femme étant jeune.

Assis sur sa mobylette, sa femme se tient debout à côté de lui, les bras passés autour de son cou.

Elle porte un jean serré et un chemisier à rayures dont les premiers boutons sont défaits.

Maquillée, les ongles faits, elle arbore un sourire taquin. J'ai dû mal à croire que c'est bien elle sur le papier jauni. La jeune femme souriante et apprêtée que je vois ici n'a rien à voir avec la femme revêche et autoritaire que je connais.

Quand nous l'avons laissé après cette conversation, j'ai surpris le père de Lola, se sourire à lui-même, les yeux perdus dans le vague, probablement submergé par la nostalgie d'un autre temps.

Et je me suis dit intérieurement que lui aussi avait dû être frappé un jour par la même maladie que Maman, celle qui vous contraint à oublier vos rêves de gosse et qui vous empêche d'être heureux.

Nous patientons maintenant dans la chambre de Lola pendant que ses parents regardent la télé.

Comme minuit est passé, l'enthousiasme est un peu retombé. La fatigue se fait ressentir parce que nous restons là à attendre, sans faire quoi que ce soit.

J'essaye de trouver des sujets de conversation mais je n'y parviens pas. Je les ai tous écumés depuis tout ce temps : mes profs, les siens, les garçons etc.

La musique en sourdine ne m'empêche pas de somnoler un moment.

Mes yeux se ferment tout seuls et je dois lutter pour ne pas m'endormir complètement.

– Bon, quand est-ce qu'ils vont se décider à aller se coucher les vieux ? demandé-je dans un sursaut.

– J'en sais rien, répond Lola en baillant, ils sont lourds, tu vois mes parents me font chier même sans le vouloir !

Un instant plus tard, Lola tend l'oreille :

– C'est bon. Ils ont fermé leur porte. Dès que mon père ronfle, on se casse !

J'ai un regain d'énergie tout à coup et je décide de me pomponner en attendant.

– Pourquoi tu fais ça ? Il fera noir ! s'étonne Lola.

– C'est dans la tête Lola ! plaisanté-je, non plus sérieusement, je veux mettre toutes les chances de mon côté avec Clément.

– Tu veux reprendre avec lui ? demande -t-elle, surprise.

– Ouais, pourquoi pas ?

– Non comme ça.

C'est enfin l'heure. Le père de Lola ronfle à en faire vibrer tous les murs de la maison.

On fait un plan.

Lola part en éclaireur et je la rejoins quelques minutes après dans le jardin.

Elle ouvre alors la porte en retenant un maximum la poignée pour ne pas qu'elle grince et s'engage dans le couloir sur la pointe des pieds avec pour seul éclairage, l'écran de son portable. Elle referme soigneusement la porte derrière elle.

Je m'assieds sur le lit en attendant mais Lola revient déjà et me fait sursauter quand elle rouvre la porte.

– Qu'est-ce qui se passe ?

– Tu vas rire, répond-elle embarrassée.

– Quoi ?

– Chut ! Couche-toi !

Je m'exécute rapidement et en silence ne sachant pas ce qui se trame.

Une fois couchées, Lola m'explique :

– Ma mère m'attendait en bas, elle nous a grillées au dîner, je crois, chuchote-t-elle.

– Merde ! Qu'est-ce qu'on fait ?

– On laisse tomber !

– T'es pas sérieuse Lola ?

– Si, je t'assure. Il vaut mieux pas insister là. Je vais avoir des problèmes.

– Ok.

Je suis déçue, j'avais vraiment envie de sortir et de passer du temps avec Clément.

Allongées l'une à côté de l'autre, nous continuons à discuter dans le noir à voix basse.

– On sortira quand tu viendras chez moi, je dis.

– Ouais carrément. Tu préviens pas Clément ?

– Non, je lui écrirai plus tard. Je peux pas lui dire qu'on est privées de sortie, c'est naze. Je lui dirai qu'on est allées à une autre soirée.

– Ouais, fais ça. Tu sais, j'en ai marre de ma mère. Elle me fait vraiment chier, ajoute-t-elle.

– Ouais, je te comprends.

Alors que je tombais de fatigue tout à l'heure, je suis maintenant tout à fait réveillée.

En fait, je cogite sur notre amitié avec Lola.

Alors que je crois qu'elle s'est endormie, elle me demande :

– Je peux m'incruster à la soirée de ta copine le week-end prochain ?

– Non Lola, ça le fait pas ! Je connais à peine Marie.

– Ouais. Dis plutôt que t'as pas envie ! s'énerve-t-elle. Probablement que Marie accepterait que je l'y emmène mais je n'ai pas envie.

Vu sa réaction au centre commercial l'autre jour, j'ai peur qu'elle me fasse honte devant mes nouveaux amis à vrai dire.

– Tu vois ! Je te l'avais dit qu'on se verrait moins ! chouine-t-elle.

Comme elle me casse les pieds, j'abrège la conversation en lui promettant qu'on se verrait bientôt même si je n'en ai pas spécialement l'intention.

Je lui tourne le dos en rabattant la couette sur moi et lui souhaite bonne nuit.

Le lendemain matin, la mère de Lola nous tire de notre sommeil à neuf heures. Lola lui crie de sortir de sa chambre avant d'enfouir sa tête sous l'oreiller.

– Elle se venge pour hier ? je demande.

– Ouais, ça doit être ça, marmonne Lola.

Sa mère revient aussitôt à la charge :

– Lève-toi Lola ! Tu dois faire tes devoirs ! hurle-t-elle.

– Sors merde ! Je t'ai dit que j'arrivais ! Ce que tu peux être chiante à la fin ! répond Lola hors d'elle.

Je me mets à rire sous la couette où Lola me rejoint après que sa mère soit partie.

– Faut qu'on se lève, dit-elle, elle ne va pas nous lâcher de toute façon.

Nous nous levons de mauvaise grâce et descendons en pyjama à la cuisine manger un morceau.

A peine avons-nous passé le pas de la porte que sa mère nous agresse de nouveau.

– Vous auriez pu vous habiller avant de descendre quand même !

– C'est bon, maman, soupire Lola.

Elle nous laisse finalement prendre notre petit déjeuner en pyjama mais revient toutes les cinq minutes pour nous dire de nous presser.

– C'est bon, je reste pas aujourd'hui, je dis à Lola.

– Ouais, t'as raison. Désolée, hein ?

– T'inquiète pas, j'appelle ma mère pour qu'elle vienne me chercher.

Je remonte dans la chambre après manger pour l'appeler sans tarder et Maman ne semble même pas surprise de ma démarche.

Pendant que je rassemble mes affaires dispersées dans la chambre pour les ranger dans mon sac. La mère de Lola arrive, s'assied sur le lit et ouvre un livre d'histoire. Elle fait comme si je n'étais pas là et interroge sa fille.

– Tu pourrai attendre qu'elle s'en aille non ? s'insurge Lola en me désignant.

Sa mère referme le livre et me regarde avec insistance. Comme je sens qu'elle veut que je dégage, je m'empresse de boucler mes affaires.

J'embrasse Lola, remercie sa mère même si je n'en ai pas envie et vais attendre Maman au rez-de-chaussée où je retrouve le père de Lola.

– Tu t'en vas déjà belle enfant ? demande-t-il gentiment.

– Euh, oui, Lola a du travail, dis-je.

– Tu crois pas qu'on ne devrait pas travailler le dimanche ?

– Si.

– Et faire la grasse matinée plutôt ?

– Euh, si.

– Oui, ce serait mieux comme ça, ajoute-t-il, l'air pensif.

J'entends le klaxon de la Polo retentir au dehors alors je ramasse mon sac déposé au sol et me précipite vers la porte.

Je m'arrête la main sur la poignée et me retourne vers le père de Lola.

– Qu'est-ce qu'il y a belle enfant ?

J'aimerai pouvoir lui dire de se barrer d'ici avec Lola et de laisser sa femme en plan avec son mauvais caractère mais je choisis finalement quelque chose de plus conventionnel.

– Merci Monsieur, à bientôt !

– Mais de rien belle enfant ! répond-il en me faisant un clin d'œil.

Je parcours l'allée de gravier en courant avec mon sac sur le dos, je saute dans la Polo à côté de Maman et referme la porte aussitôt comme si j'étais poursuivie. Elle me regarde l'air étonné avec les sourcils levés alors je devance ses questions :

– Démarre. C'est la folie là-dedans ! Je n'irai plus dormir là-bas !

Maman prend la route tranquillement, roule un moment et finit par parler.

– Tu ne veux plus voir Lola ?

– Je sais pas. En tout cas, sa mère est une vieille conne !

– Carrément ! rit-elle, pourquoi crois-tu que je descends jamais de voiture ?

– Ouais, c'est vrai ça.

Peu après, arrêtées à un feu, elle remarque que je suis triste.

– Hé, t'en fais pas ! Ça arrive de ne plus s'entendre avec les gens. Et puis, tu as grandi, Lola et toi êtes différentes maintenant, dit-elle en me frottant la tête.

– Ouais, tu as raison.

– Ne t'inquiète pas, tu te feras d'autres copines.

Je tourne la tête pour la regarder et lui sourire. Maman a toujours les mots justes pour me réconforter.

5

Nous passons la semaine à parler de la soirée qui approche avec Marie et Leslie.

Je leur propose que nous commandions des pizzas pour faire simple et Leslie, de son côté, a enregistré des chansons sur une clé USB pour les diffuser à la soirée. Marie, elle, se débrouillera finalement avec les boissons.

Nous décidons de nous retrouver au centre commercial dans l'après-midi précédant la soirée pour choisir des tenues spéciales.

Je traverse le parking du centre commercial en regardant si je les vois.

Je les aperçois de loin, appuyées contre un mur à côté de l'entrée, portant chacune des sacs à main gigantesques à bout de bras et des lunettes dernière tendance.

– J'espère que tu aimes le shopping parce qu'avec Leslie, on passe nos samedis à dévaliser les magasins ! me lance Marie alors que je suis encore à distance.

– J'adore ça ! je m'exclame.

J'ai mis toute la conviction possible en disant cela. C'est vrai, j'aime faire les magasins sauf que je n'ai plus d'argent en ce moment. D'un autre côté, je veux absolument devenir leur amie à toutes les deux, elles sont vraiment trop cools, et c'est pourquoi j'ai accepté cette sortie même si je n'ai pas les fonds.

– Viens, allons là ! C'est ma boutique préférée ! me dit Marie en désignant la boutique la plus chère du coin. Je la suis sans montrer le moindre signe d'hésitation même si à vrai dire, j'ai l'estomac noué. Je ne suis venue ici qu'en de rares occasions car c'est au-dessus de mes moyens.

A l'intérieur du magasin, je suis émerveillée : les vêtements sont soigneusement rangés sur des cintres et contrairement aux boutiques bon marché que je fréquente, il y a suffisamment d'espace entre eux pour que je puisse les regarder un à un sans les faire tomber. Les vendeuses sont superbes et discrètes même s'il me semble qu'elles sont aux aguets, prêtes à accourir au moindre claquement de doigt pour nous servir.

– Tu essaies quoi ? me demande Marie, les bras déjà chargés de vêtements en tout genre.

– Un jean. J'ai envie d'un jean, dis-je au hasard.

Après en avoir sélectionné plusieurs, je les essaie les uns après les autres pour jouer le jeu.

Les filles se tiennent de chaque côté de la cabine et me livrent leurs commentaires avisés. Leur choix s'arrête sur l'un d'entre eux et elles me conseillent vivement de le prendre pour la soirée de ce soir.

Après avoir refermé le rideau, comme je suis maintenant coincée, je réfléchis à une stratégie tout en me rhabillant. Une stratégie pour ne pas acheter quoique ce soit sans dévoiler que c'est par manque d'argent quand soudain une idée me vient à l'esprit.

J'ouvre le rideau brutalement, je balance la pile de vêtements à une vendeuse qui ouvre les bras à temps pour la réceptionner et je traverse la boutique en tapant des pieds, les sourcils froncés. Je m'apprête à sortir quand les filles qui m'ont rattrapée me demandent ce qu'il y a.

– Il y a que mon imbécile de mère n'a pas approvisionné mon compte, je réponds en brandissant mon smartphone.

Je simule une crise comme le font probablement les enfants gâtés et capricieux et à priori, les filles n'y voient que du feu.

– Appelle-la pour qu'elle te fasse un virement ! dit simplement Leslie.

– J'ai essayé de l'appeler mais elle ne répond pas, elle doit être occupée. Je vais attendre dehors sinon je crois que je vais me mettre à pleurer, je dis en faisant la moue.

Je prends un air furieux qui les dissuade de me suivre et sors de la boutique. Une fois dehors, je m'assieds sur un banc en les attendant.

Quand les filles me rejoignent et qu'elles me voient toujours aussi renfrognée, elles m'invitent au coffee shop du coin pour me remonter le moral.

Toujours dans mon rôle, je les suis en traînant des pieds à l'intérieur du café. Nous nous installons à une table à l'écart et passons commande auprès du serveur.

Tandis que nous l'attendons, je capte un regard complice entre les filles.

– Quoi ? Qu'est-ce qu'il y a ? je demande.

Alors que le serveur approche avec son plateau chargé de tasses de chocolats chauds coiffés d'une épaisse couche de chantilly, Leslie me chuchote d'attendre une minute.

A peine a-t-il tourné les talons qu'elle me tend le sac en papier glacé blanc posé à côté d'elle sur la banquette.

Je reconnais ce sac. Il provient de la boutique hors de prix que nous venons de quitter.

Je le pose sur mes genoux et je regarde les filles tour à tour avec un petit sourire en coin. Je crois comprendre.

Je regarde à l'intérieur et en sors le contenu.

C'est effectivement le jean de tout à l'heure.

– Mais vous êtes complètement folles ! je m'exclame en le dépliant devant moi.

– Ça nous fait plaisir, me répond Marie en haussant les épaules, c'est pas grand chose.

Je remets le jean à la va-vite dans le sac que je dépose sur la chaise à côté de moi et je fais le tour de la table pour les serrer dans mes bras tellement je suis contente.

Je n'ai jamais eu de jean à ce prix-là et si Elo voyait cela, elle serait verte de jalousie !

Le chocolat chaud que je bois ensuite en compagnie de mes deux copines me semble être le meilleur que je n'ai jamais bu.

Après l'en-cas, nous décidons d'aller chez Marie nous préparer.

Plutôt que de prendre le bus, elle hèle un taxi, prétextant qu'elle est fatiguée. Je n'ai jamais eu l'occasion de prendre le taxi alors je cache ma joie en imitant Marie et Leslie qui consulte leur smartphone pendant tout le trajet d'un air détaché.

Une fois arrivées, Marie le paie sans nous demander quoi que soit. Je descends alors de voiture et suis impressionnée par la grande maison bourgeoise qui me fait face à présent.

Nous entrons toutes les trois à l'intérieur et dans l'entrée, je remarque un lustre magnifique qui déploie ses longs bras gracieux au-dessus de ma tête. Je remarque avec amusement que ses pendeloques renvoient la lumière en formant des constellations sur le parquet brillant.

Les filles m'arrachent à ma rêverie et m'invitent à les suivre à l'étage.

Je pénètre dans la chambre de Marie, grande et claire, et disposant d'un immense dressing qui me fait de l'œil. J'imagine que, derrière les vantaux, se cachent un nombre incalculable de vêtements, chaussures et autres accessoires, disposés soigneusement en camaïeu sur des étagères qui vont du sol au plafond comme dans cette pub de vente en ligne.

Je n'ai pas le temps de dénombrer l'importante quantité de parfums de marque disposés sur la coiffeuse délicate car je suis interpelée par Marie et Leslie qui crient de joie en retournant leurs sacs de shopping au-dessus du lit pour en vider le contenu.

Je m'assieds tranquillement sur le lit avec elles pour regarder ce qu'elles ont pris. Et même si je suis choquée par le nombre de vêtements que j'ai sous les yeux, je prends sur moi pour ne pas le montrer, pour ne pas avoir l'air émerveillé de la fille qui n'a pas l'habitude.

J'en passe quelques-uns en revue.

Je saisis un haut par les épaules, le lève à hauteur d'yeux, le regarde un instant et le repose un peu plus loin l'air détaché.

– Tiens, met celui-là ce soir, dit Leslie en me jetant un haut noir.

J'enlève mon t-shirt pour l'essayer aussitôt.

Je passe la tête et les bras à l'intérieur et je sens immédiatement la matière agréable et fluide glisser sur ma peau.

Je me dirige vers le miroir sur pieds posé près du dressing et me tourne de dos pour observer la longue fente de celui-ci qui descend jusqu'en bas de mes reins.

Dans le reflet du miroir, je vois les filles qui lèvent le pouce en ma direction en guise d'approbation.

– T'as qu'à le garder, déclare Leslie, il te va bien.

J'accepte son cadeau volontiers car je n'ai pas non plus ce genre de vêtements dans mon armoire.

Tout à coup, Leslie se lève, recule de quelques pas et plonge tête baissée sur la montagne de vêtements.

– Quel bonheur ! s'exclame-t-elle en mimant la brasse. Je ne sais plus où donner de la tête !

Nous nous mettons à rire et tandis qu'elle continue son manège, j'aperçois un objet entre les tissus.

Je m'approche du lit, m'accroupis et en triturant les épaisseurs avec mes doigts, je sens effectivement quelque chose de dur. Je dégage un vêtement et constate que l'objet y est accroché.

– Vous avez vu ? je demande en le montrant aux filles, la vendeuse a laissé l'antivol sur celui-là !

– Oh, c'est rien ! répond Marie en me le prenant des mains, ça arrive souvent.

Je la suis jusqu'à la coiffeuse où elle s'assieds.

Par-dessus son épaule, je la regarde prendre un élastique dans un des nombreux tiroirs qui lui font face et l'enrouler autour de l'antivol.

Puis, d'un coup sec, elle parvient à le détacher sans encombre. Je suis hébétée par sa dextérité.

– Et voilà le travail ! s'exclame-t-elle, ne fais pas cette tête Amy, je t'apprendrai si tu veux !

Après cela, j'emprunte la salle de bains de Marie pour prendre une douche et me préparer avant la soirée.

Je vais profiter de ce moment, isolée, pour rassembler mes esprits et souffler un peu. Je me rends compte que c'est fatigant de jouer la comédie, d'être dans la peau d'une autre.

La salle de bains, attenante à la chambre, s'y prête tout à fait. Ce que j'aimerai avoir aussi la mienne pour moi toute seule !

Le carrelage blanc, la robinetterie étincelante, les serviettes épaisses et moelleuses et impeccablement pliées sur le petit meuble connotent le confort et le luxe comme le reste de la maison.

Je ferme la porte derrière moi et souffle enfin. C'est un exercice si stressant de simuler l'aisance dans un milieu auquel nous ne sommes pas habitués.

J'ouvre les robinets et après avoir testé la température du bout des doigts, j'entre dans la douche.

En baissant la tête, je fais couler l'eau brulante sur ma nuque et je ferme les yeux pour savourer ce moment de détente.

Ce moment de détente est de courte durée car j'entends les filles discuter à côté de moi. J'ouvre alors les yeux et tends l'oreille : elles se sont installées dans la salle de bains pour papoter.

Je me rends compte tout à coup que je n'ai pas de serviette à portée de main. Elles sont toutes restées sur le meuble, à l'entrée de la pièce mais j'étais loin de m'imaginer que les filles s'inviteraient pendant que je me lave. Ça craint.

Je fais traîner un peu les choses en restant sous l'eau en me disant qu'elles finiront par partir et que je pourrai sortir à l'abri des regards.

Mais après de longues minutes, elles sont toujours là à discuter et à rire et comme il faut bien que je sorte de là, je réclame tout simplement une serviette.

L'une d'elle apparaît tout à coup le long de la paroi de la douche comme une corde de fortune qu'on m'aurait lancée pour me sortir d'un mauvais pas.

Je suis soulagée, je n'ai pas envie de me montrer nue devant les filles surtout qu'elles sont bien mieux foutues que moi.

Je sors enfin de la douche, libérée, la serviette fermement enroulée et fixée sous mes bras.

Et à ma grande surprise, les filles sont entièrement nues. Marie est devant le miroir en train de se mettre de la crème sur le visage tandis que Leslie est assise sur un tabouret, occupée à se limer les ongles.

Elles n'ont pas l'air gêné par la situation bien au contraire.

Je me presse de rejoindre mes vêtements à l'autre bout de la pièce en faisant des petits pas. Je me précipite à tel point que je manque de glisser sur le carrelage lisse à plusieurs reprises.

Arrivée à destination, je défais la serviette et me presse de m'habiller pour mettre fin à cette situation inconfortable.

Mince ! alors que je viens de me découvrir, Leslie se tourne vers moi pour m'inclure dans la conversation.

Elle me pose une question et comme je n'ai pas commencé à m'habiller, je pique un fard et lui répond qu'à demi en me débattant avec ma culotte.

Marie se tourne vers moi aussi pour entendre ma réponse ce qui me gêne davantage. Je sens maintenant le feu s'installer sur mes joues.

Quand j'ose affronter leurs regards, je n'ai pourtant pas l'impression qu'elles m'observent plus que ça. Elles semblent même s'en ficher complètement et sont davantage attachées à ce que je vais dire plutôt qu'à ma nudité.

Je me dis qu'elles doivent y être habituées tandis que moi je ne me balade jamais à poil à la maison, même pas devant Elo, encore moins devant Maman.

Une fois habillée, je laisse Leslie me coiffer.

Leslie, brosse à cheveux en main, me conseille de les laisser libre en me disant qu'ils sont superbes. Marie apporte alors une barrette sertie d'un papillon bleu qu'elle m'offre en cadeau. Je la laisse me la mettre sur le côté pour retenir une mèche qui me barre le visage la plupart du temps. J'approuve le résultat dans le miroir : la barrette est magnifique et elle me va bien.

Enfin prêtes pour la soirée, nous descendons au salon en attendant les invités.

J'imite Leslie qui se vautre dans le canapé.

Marie, qui s'est absentée une minute, revient de la cuisine avec bouteille de champagne et flutes en main. La grande classe !

Elle pose méticuleusement les trois verres sur la table et s'assied pour faire sauter le bouchon de champagne.

Elle fait ensuite le service en penchant les verres pour qu'il n'y ait pas trop de mousse puis, elle sort un paquet de cigarettes amoché de sa poche arrière et le jette en notre direction.

Nous nous allumons chacune une clope et trinquons avec nos verres remplis à ras bord, convaincues que notre soirée sera la meilleure de l'année.

Je ne peux détacher mes yeux de Marie qui est particulièrement élégante quand elle fume : elle tient sa cigarette avec précaution à cause de ses grands ongles fins, elle fait des grands gestes de la main tout en parlant, créant ainsi d'interminables volutes, puis quand elle recrache la fumée, elle tourne la tête sur le côté pour ne pas nous l'envoyer en plein visage. Je trouve que quand elle fume, elle a cet air emprunté des actrices américaines des années 50 que j'ai vues à la télé. Superbe.

Nos verres se vident, alors, vient un deuxième. Le champagne me donne chaud. Je ne suis pas habituée à en boire si ce n'est une gorgée le jour de l'an pour marquer le coup contrairement à Marie et Leslie.

Ragaillardie par l'alcool, j'envoie un message à Thibaut :

– Tu viens toujours ?

Sa réponse ne se fait pas attendre.

– Tu es inquiète ?

– Pas du tout.

– Et si je ne venais pas ?

– Tant pis pour toi !

Les filles, curieuses, se rapprochent de moi pour voir ce que je trafique et je les laisse lire par-dessus mon épaule.

– Je suis fière de toi ! déclare Marie, tu as raison de le bousculer un peu !

– Heureusement que nous sommes là, nous les filles, pour bousculer les mecs ! ajoute Leslie.

Les filles parviennent ensuite à me convaincre de finir la bouteille avec elles, pour se donner du courage m'assurent-elles.

Quand les premiers invités arrivent, je ressens une appréhension malgré les effets du champagne. Je n'ai jamais participé à une fête comme celle-là et je ne connais pas les arrivants.

C'est deux filles et un gars qui sont arrivés. Je les ai déjà croisés au collège mais sans plus. Ils vont directement à la cuisine déposer des bières et des chips et nous rejoignent au salon.

Je joue un peu avec mes doigts ou une mèche de mes cheveux pendant que les autres discutent entre eux parce que je ne sais pas trop quoi dire. Les filles, elles, font le show, elles racontent des anecdotes sur le collège, profs ou élèves, et font mourir de rire les autres. Moi, je les écoute tout en les observant elles deux et je dois dire que j'admire leur aisance.

Le salon se remplit peu à peu et quand tout le monde est là, nous sommes une bonne vingtaine.

Je prends sur moi et décide de sortir de ma coquille pour ne pas passer pour une cruche et je fais comme les filles : je passe de groupe en groupe pour discuter avec les uns et les autres et ne sachant pas trop quoi dire, je me contente de raconter quelques banalités en riant et ça passe plutôt bien. C'est finalement plus facile que ce que je pensais.

Je danse avec les garçons qui m'invitent sans me poser de questions tout en jetant un regard de temps à autre vers ceux qui n'osent pas décoller de leurs chaises, qui sont assis tout seuls dans un coin, occupés à regarder le bout de leurs godasses. Comme je les plains ! Je n'aimerai pas être à leur place. Puis, l'espace d'un instant, je pense à Lola et me dis que j'ai bien fait de ne pas l'amener ici.

Je danse aussi avec Thibaut qui s'est approché. Alors que j'ai passé mes bras autour de son cou, il se contente de me tenir les hanches avec ses mains au lieu de m'enlacer carrément.

Max, qui est à côté, fait tout pour nous faire rire. Il fait le clown comme d'habitude.

Il tient Leslie dans ses bras, une rose dans la bouche qu'il a probablement été piquer dans le jardin, et joue au danseur professionnel en faisant des pas improbables. Leslie a dû mal à le suivre tant il la fait virevolter dans tous les sens. Elle manque de tomber à plusieurs reprises mais par chance, il la rattrape à chaque fois dans un éclat de rire.

Après la danse, je vais m'asseoir à l'écart. Je pensais que Thibaut me suivrait mais au lieu de cela, il part à l'opposé boire des coups avec Max et faire le guignol.

Je n'ai aucune idée de l'heure qu'il est mais il doit être bien tard car la fatigue se fait ressentir.

La chanson qui démarre et dont je reconnais les premières notes est la préférée de Marie.

Je la cherche des yeux, persuadée qu'elle va faire son apparition et faire son show au milieu de la piste.

Sans surprise, la voilà qui apparaît.

Ce soir, elle porte une robe blanche. Ses cheveux relevés retombent en un joli panache de boucles blondes sur son épaule. Elle commence à danser gracieusement et il me semble que les autres ont cessé toute activité pour l'observer.

Je suis moi-même hypnotisée par cet ange tombé du ciel et qui se meut délicatement au rythme de la musique.

Je sursaute presque quand l'enchanteresse se penche sur moi, me prend la main et m'attire sur la piste.

Incapable de lui résister, je lui emboîte le pas.

Face à face, elle enroule ses bras autour de mon cou et pose sa joue contre la mienne.

Je passe alors les miens autour de sa taille timidement. Ainsi enlacées, je perçois le parfum de vanille qui émane de ses cheveux.

Je croise le regard de certains garçons restés sur le côté, baba de nous voir ainsi et probablement un peu envieux.

Je sens contre moi, les os de ces hanches qui oscillent, ses seins contre les miens, la moiteur dans son dos.

Je suis gênée d'apprécier cette danse alors que je suis une fille. C'est un sentiment nouveau pour moi mais je me laisse entraîner par Marie et ferme les yeux. Je peux ainsi sentir avec plus d'intensité chaque mouvement de son corps et la chaleur et le parfum qu'il dégage.

Enfermée dans ma bulle avec elle, j'aimerai que cette fichue chanson n'ait pas de fin pour savourer toute l'affection qu'elle m'envoie.

L'affection qui me manquait tant jusqu'à cet instant, jusqu'à ce que je trouve une donatrice.

Elle pose maintenant sa tête sur mon épaule, le nez appuyé dans mon cou comme un enfant qu'on cajole.

Je resserre mon étreinte pour contenir sa fragilité.

J'oublie à présent les gens qui nous regardent, probablement hébétés, et je m'en fous. Ce que je ressens est si bon que les qu'en dira-t-on m'importent peu.

Je garde Marie dans mes bras, pour moi toute seule. Je ne la partage pas avec qui que soit le temps d'une chanson. J'ai envie de leur crier à tous : cessez de la réclamer, vous ne l'aurez pas ! Elle est à moi et à moi seule !

Quand la chanson se termine et que je relâche mon étreinte à contrecœur, je lis un peu de moquerie dans les yeux de Marie qui me fait face à présent.

Puis, elle me laisse plantée là, troublée par ce qui vient de se passer.

La soirée prend fin et les invités que je ne connaissais pas il y a quelques heures, m'embrassent et me serrent chaleureusement dans leurs bras. Je me suis fait plus d'amis en une soirée qu'en trois ans en compagnie de Lola.

Avec Marie et Leslie, nous sommes trop fatiguées pour faire du rangement alors nous laissons tout en vrac et décidons d'aller nous coucher sans attendre.

Nous chahutons dans l'escalier qui mène à l'étage. Nous jouons à nous bousculer contre le mur pour passer les unes devant les autres et comme je remporte la bataille, j'entre la première dans la chambre en courant.

Je m'arrête net et laisse échapper un cri quand je tombe nez à nez avec un garçon assis sur le lit.

Marie et Leslie semblent le connaître et se moquent de lui sans ménagement :

– Axel ? Qu'est-ce que tu fais là ? C'est l'heure d'aller au dodo ! s'exclame Marie.

– Bah, je voulais discuter, répond-il timidement en me fixant du regard.

Alignées toutes les trois devant lui, nous échangeons quelques regards amusés.

Son audace nous fait sourire, il faut dire qu'il fallait oser.

Sans réfléchir, je m'avance vers lui poussée par une envie soudaine de jouer un peu.

Je monte sur le lit et me poste à genou derrière lui.

Puis, je pose mes mains sur ses épaules et l'embrasse dans le cou.

Comme il penche la tête sur le côté, comme une invitation, je l'embrasse plus longuement cette fois-ci.

Je capte son agréable parfum musqué et renouvelle mes baisers, de nombreux baisers que j'applique chaleureusement le long de la veine de son cou.

Je sens à travers sa peau les palpitations de son cœur dont le rythme, il me semble, s'est accéléré.

L'espace entre elles s'amenuisent encore lorsque je promène le bout de ma langue en pointe légère sur sa peau brune.

Il lève alors son bras pour atteindre mes cheveux et pour y plonger ses doigts.

Captivée par lui, je ne prête aucune attention aux filles qui font je ne sais quoi pendant ce temps-là.

Je suis moi-même intriguée par cette soudaine assurance probablement provoquée par des mois de célibat, par l'inaction de Thibaut, par la consommation d'alcool, ou encore par l'attitude réchauffée de Marie tout à l'heure.

Sans réfléchir, je plonge davantage sur Axel comme un vampire assoiffé sur sa proie, je l'attaque sans ménagement en y mettant toute la sensualité possible pour ne pas lui laisser la moindre porte de sortie.

Je mène la danse et il me suit docilement comme s'il n'en attendait pas moins.

Quand je le libère enfin pour le prendre par la main et le raccompagner en bas, il se laisse mener comme un enfant que l'on traîne derrière soi.

J'ouvre la porte d'entrée et comme il ne bouge pas, je me mets à rire :

– Il faudrait que tu partes !

– J'ai pas envie, répond-il en plongeant ses yeux dans les miens.

Puis, il me serre dans ses bras et m'embrasse avec fougue. Je sens une nouvelle fois la chaleur immédiate de tout à l'heure entre nous et je me sens comme happée par ses baisers, comme aimantée à lui.

Nous restons ensuite un moment dans les bras l'un de l'autre sans bouger. La tête appuyée sur son torse, je ne me lasse pas d'humer son parfum, mêlé à l'odeur de sa peau. Il m'est difficile de le laisser filer et je crois que c'est pareil pour lui : il reste là à m'étreindre pendant de longues minutes.

Sensation étrange pour quelqu'un que je ne connais pas.

Quand il est parti et que je me retrouve à nouveau dans la chambre, les filles se sont endormies.

Je m'installe à côté d'elles et je m'endors paisiblement, bercée par l'ivresse sensuelle de cette soirée.

Le lendemain, je végète avec Marie et Leslie tout l'après-midi jusqu'à mon départ mais quand je rentre à la maison, il m'est difficile de cacher mon enthousiasme :

– C'était super ! J'ai rencontré plein de monde !

– J'imagine bien, marmonne Elo.

Je m'agite dans tous les sens et même si je me rends compte que je dois être soûlante, je ne peux pas m'en empêcher, comme si pour une fois, il m'arrivait quelque chose.

– Tu vas nous pomper l'air maintenant que tu sors ? lance Elo, excédée.

– C'est moche la jalousie Elo, tu sais ? dis-je.

– C'est ça !

Elle peut me dire ce qu'elle veut, je m'en fous.

Elle ne parviendra pas à me mettre de mauvaise humeur, non pas aujourd'hui.

– Invite tes copines si tu veux, propose Maman.

– Merci Maman ! dis-je en lui sautant au cou.

– Nous voilà dans de beaux draps, murmure Elo.

Je ne relève pas et continue ma mélodie du bonheur.

– Maman, je peux faire un gâteau ? J'en ai trop envie !

– Ok à condition que tu ranges ensuite, répond-elle, amusée de me voir ainsi.

Je fouille dans le placard et sors une multitude de plats et quelques ingrédients.

Elo et Maman me suivent des yeux en pouffant tandis que je fais des allées et venues entre le placard et la table de la cuisine.

Tandis que je mélange ma tambouille avec une cuillère en bois, je croise le regard de Maman, protecteur et bienveillant et je lui réponds avec un large sourire.

Je verse la pâte dans un plat et le mets au four pour la cuisson.

Quand il me semble que le gâteau est cuit, je le place au centre de la table et le découpe en huit parts à peu près égales et je nous sers une part à chacune pour le manger illico.

Je mords dedans sans attendre et commence à mâcher la première bouchée mais je m'aperçois bien vite que la pâte est grumeleuse et farineuse.

– C'est dégueu, non ? je demande.

– Carrément, rit Elo.

- Ché pas chi mal, dit Maman de son côté, la bouche pleine. Attend !

Elle va chercher le pot de Nutella dans le placard et trois cuillères. Chacune notre tour, nous tartinons généreusement notre part de gâteau et effectivement ce n'est pas si mal quand le goût de farine est masqué.

Pour nous faire rire, Maman nous sourit les dents recouvertes de chocolat. Cette vieille blague marche à tous les coups.

Comme nous rions avec Elo, nous découvrons aussi nos dents toutes noires, nos dents de sorcière comme on dit et nous repartons à rire de plus belle.

Quand nous avons terminé notre dégustation, nous restons avachies dans nos chaises, rassasiées, la main sur le ventre.

– Ça vous dérange pas si je fais pas à manger ce soir ? demande Maman.

– Oh, non, dis-je en soupirant.

Elle se lève mollement pour mettre le gâteau au frais dans le frigo et se mets à plaisanter de nouveau :

- On a à manger pour toute la semaine avec ça ! C'est économique !

Puis, elle nous propose de regarder un film avant d'aller se coucher. Super ! Nous ne regardons jamais la télé s'il y a cours le lendemain mais là, Maman semble vouloir faire une exception.

Maman met alors un DVD qu'une collègue lui a prêté dans le lecteur du salon et nous nous installons toutes les trois dans le canapé, cuisse contre cuisse sous un vieux plaid à carreaux que je traîne depuis que je suis petite.

Le film est inintéressant mais j'apprécie cette soirée, ensemble, toutes les trois, d'autant qu'il aura au moins eu le mérite de bien nous faire rire étant donné son degré de nullité.

6

Entourée de Marie et Leslie, je remonte le couloir principal du collège pour rejoindre ma salle de cours ce matin.

Depuis quelques semaines, tous nos déplacements dans l'enceinte sont remarqués.

De nombreux élèves nous saluent sur notre passage, nous appellent par nos prénoms alors que nous n'en connaissons pas la moitié d'entre eux.

Tout a changé depuis la soirée.

La fête a fait parler de nous et chacun tente de se faire connaître auprès de nous, espérant probablement être invité à la prochaine.

En l'espace de quelques semaines, nous avons d'ailleurs remplacé le groupe des populaires qui se faisait remarquer devant le portail à la rentrée et qui faisaient tant de bruit quand je suis arrivée. Leur notoriété a été balayé du jour au lendemain comme le vent balaye les feuilles mortes malgré tous leurs efforts pour qu'on les remarque et les élèves nous ont désignées comme leurs remplaçantes en titre.

Nous avons aussi un succès soudain auprès des garçons qui nous abordent de manière spontanée pendant les interclasses avec timidité parfois.

C'est grisant de les voir ainsi déstabilisés devant moi : tout en me parlant, ils détournent le regard ou se grattent la tête en s'efforçant de sourire comme s'ils regrettaient tout à coup leur audace.

Je me sens en sécurité et bien vivante avec Marie et Leslie.

Je ne suis plus cette fille creuse qui vit au rythme des cours et des personnes qui l'entourent, qui se demande ce qu'elle fait là et qui espère que le lendemain soit moins ennuyeux. J'ai pris conscience de mon libre arbitre, que je peux faire mes propres choix et donner à mon existence, la direction que j'ai envie de lui donner.

Je me dis que ma théorie sur le bonheur fonctionne et que Maman, ou encore les parents de Lola ont simplement dû passer à côté.

Ce midi, il y a du monde à la cantine.

Nous passons devant tout le monde tout en papotant sans que personne ne proteste. Les élèves, au contraire, se poussent même pour nous laisser passer sans que nous l'ayons demandé : c'est un genre de privilège qui nous est réservées.

Certains essaient de nous suivre et de passer devant avec nous, un peu comme ces voitures qui tentent de suivre les flics qui, sirènes hurlantes, se frayent un passage dans un embouteillage sur la route des vacances. Mais, bien vite, des bras se tendent pour leur barrer la route : ce qui nous est autorisées, à Marie, Leslie et moi, ne l'est évidemment pas pour tout le monde.

A table, Emma, assise plus loin, me regarde de travers tout en mangeant.

– Tiens, y a ma meilleure amie là-bas ! dis-je en soutenant son regard.

Les filles se retournent pour la fixer aussi et comme Emma ne détourne pas le regard, Leslie la fait fléchir en lui faisant un doigt d'honneur et ajoute :

– Bof, tu t'en fous, c'est une rageuse, elle est dégoûtée que tu ais pris sa place avec nous !

– Enfin, on lui a donné sa place, corrige Marie.

– Ça m'étonne que vous ayez pu être amies avec elle. Elle est tout le temps en survêt et passe son temps à faire la gueule, dis-je, amusée.

– Tout l'inverse de nous en fait ! s'exclame Leslie.

– Le pire c'est quand elle sortait avec Thibaut, soupire Marie, elle nous prenait la tête, t'imagines même pas !

Tandis que nous discutons, une élève d'une autre classe de 3ème qui s'est installée à la table voisine, attire notre attention : elle porte un de ces pulls moches de Noël avec un bonhomme de neige dessus, comme ceux que l'on voit dans les vieux catalogues de tricot.

– Dis-donc, t'en as un joli pull ! se moque Leslie.

– Euh…ouais ? répond la fille en faisant des yeux ronds.

– Bien sûr que non ! T'as l'air d'une conne ! répond Leslie en pouffant.

J'observe la scène et je suis étonnée qu'au lieu de rétorquer, la fille rougit jusqu'aux oreilles et fixe son assiette bêtement. Je n'en reviens pas surtout que ses copines ne la défendent même pas.

– Je peux toucher ? demande Leslie en tendant le bras vers elle.

La fille se débat mollement en lui barrant la route avec sa main tandis que Leslie tente de l'atteindre en faisant des gestes de plus en plus rapides. Ridicule ! Nous nous mettons à rire avec Marie, puis nous reprenons notre conversation et laissons Leslie s'amuser avec sa voisine.

– Tu viens avec nous au basket mercredi ? demande Marie.

– Ouais.

– Cool ! Et puis Thibaut sera content…

– Oh ! je t'ai pas dit !, je m'exclame, j'ai revu mon ex chez Lola l'autre jour !

– Ah ouais ? Et alors ? demande-t-elle visiblement pas intéressée que je lui parle de Clément.

– Il a changé : il est pas mal du tout en fait, il a pris du muscle et il a les cheveux longs, tu vois, de quoi me faire carrément craquer…

– Au fait, tu la vois encore Lola ? coupe-t-elle.

Pendant que je lui raconte notre soirée ratée, la mère de Lola qui nous chope à faire le mur et l'interdiction de sortir, Leslie se débat toujours avec sa voisine et tente maintenant de la prendre en photo avec son pull atroce tout en la tenant par le bras.

– Tu vois, c'est compliqué de traîner avec Lola, dis-je en conclusion, elle a pas changé de mentalité depuis le CM2, ça me saoule. Et puis, je m'amuse bien mieux avec vous deux !

A la façon dont Marie me regarde et me sourit, je sais que mes propos lui ont fait très plaisir mais elle ajoute malgré tout :

– Ne coupe pas les ponts, essaie d'aller la voir de temps en temps. Elle ne va pas comprendre pourquoi tu la laisses tomber du jour au lendemain sinon.

– Oui, tu dois avoir raison, dis-je non convaincue.

Je suis surprise que Marie prenne le parti de Lola alors qu'elle-même s'est foutue d'elle au centre commercial.

Puis, je suis coupée dans ma réflexion par Leslie qui, se bagarrant toujours avec la voisine, s'écrie :

– J'y crois pas ! Pour qui tu te prends pour m'insulter ?

C'est vrai que nous ne sommes pas habitués à ce genre de traitement ces derniers temps. On nous déroule plutôt le tapis rouge à vrai dire mais cette fille au pull moche semble se ficher que nous soyons populaires et semble ne pas avoir l'intention de se laisser faire par Leslie.

Décidée à lui rabattre son caquet sans délai, je lui balance ce qui reste d'eau dans mon verre en plein visage, histoire de lui rafraîchir les idées.

Je repose le verre sur mon plateau, soulève celui-ci à deux mains et quitte le réfectoire fissa avec Marie et Leslie sur mes pas avant qu'un pion ne me repère.

Au passage, je croise Emma qui, hébétée par la situation, reste immobile, sa fourchette en suspens.

J'en profite pour la regarder droit dans les yeux pour lui faire comprendre ce qui l'attend si elle me cherche des poux.

Tandis que nous marchons dans les couloirs au pas de course pour s'éloigner au plus vite du réfectoire,

Leslie, les joues rouges, ne décolère pas. Elle tapote sur son téléphone à toute allure en vociférant tandis que nous fuyons.

– J'm'en fous ! Je poste sa photo ! Tout le monde va se foutre de sa gueule, ça lui fera les pieds !

Nous lui faisons signe de baisser d'un ton alors que nous approchons de la salle de français où se tient le cours suivant.

A notre arrivée, le prof, assis derrière son bureau à corriger des copies, nous entend bavarder dans le couloir et nous propose d'entrer dans la salle même si ce n'est pas tout à fait l'heure.

En temps normal, nous serions restées dans la cour jusqu'à la dernière minute et serions arrivées en classe en bonne dernière mais étant donné les circonstances, nous acceptons la proposition du prof pour échapper à d'éventuelles représailles de la fille au pull moche et de sa bande.

Je m'installe à ma table habituelle avec Leslie et en attendant que les autres arrivent, Marie prend une chaise au hasard et s'installe avec nous.

Le prof, avant de s'absenter, nous fait promettre de rester calme.

– Franchement, tu m'as épatée sur ce coup là ! me dit Leslie, comment tu l'as calmée l'autre tout à l'heure !

– Ouais, ajoute Marie, je te pensais pas comme ça !

– Au fait, c'est bon, vous avez révisé ? je demande.

– Ouais, vite fait, répond Leslie.

Marie est prise tout à coup d'un fou rire :

– J'ai complètement zappé l'interro ! Je suis mal, je me tape que des sales notes ce trimestre !

Le rire de Marie nous contamine Leslie et moi mais comme nous avions promis au prof de ne pas faire de bruit, nous étouffons nos rires tant bien que mal avec nos mains.

Lorsque la cloche retentit et tandis que les élèves entrent dans la classe et s'installent à leurs places, Marie va s'asseoir à la sienne d'où elle nous jette plusieurs regards amusés jusqu'à ce que le prof nous distribue l'interrogation du jour.

Question 1 : En quoi, le récit semble-t-il réaliste ?

Je me concentre autant que je peux pour réussir ce devoir d'autant que j'ai passé le week-end entier à boucler la lecture de *Dracula*. J'aurai pu m'y prendre plus tôt mais je suis très prise avec les filles : je ne rentre jamais directement à la maison et après les cours, nous restons toutes les trois à papoter comme si nous n'avions pas eu assez de temps dans la journée pour le faire. Et en rentrant, il est déjà tard et le plus souvent, je ne suis plus motivée pour bosser.

Alors que je planche sur ma copie et gribouille un premier jet sur une feuille de brouillon, je suis soudain dérangée par Leslie qui glisse une feuille sous mon coude et me chuchote d'écrire dessus.

Je regarde en direction du prof qui semble occupé, le nez dans ses copies.

J'écris alors quelques réponses brèves en les numérotant et en regardant en direction du prof de temps à autre pour vérifier qu'il est toujours occupé.

Puis, je repousse la feuille discrètement avec mon coude en direction de Leslie.

Leslie fait glisser la feuille jusqu'à elle, la prend entre ses doigts et la plie méticuleusement en six. Elle opère de manière lente pour atténuer un maximum les craquements du papier.

Je comprends alors que c'est pour Marie.

Comme elle est loin devant nous, Leslie doit trouver des intermédiaires : elle fiche alors un coup de pied dans la chaise du voisin de devant pour attirer son attention, lui tend l'antisèche et lui chuchote « pour Marie ».

Le voisin s'exécute sans broncher et passe le papier à quelqu'un d'autre et ainsi de suite.

J'ai maintenant cessé d'écrire et j'observe, amusée, le précieux bout de papier se promener de table en table à travers la classe sans éveiller les soupçons du prof.

Marie, de son côté, tourne la tête de temps à autre pour observer sa progression avec des yeux inquiets.

Certains élèves doivent interrompre sa course lorsque le prof relève la tête. Ils cachent alors le papier dans le creux de leur main, se mettent à écrire sur leur copie ou font semblant de réfléchir les yeux levés au plafond. Puis, quand le prof replonge sur ses copies et que la voie est libre, le papier reprend son lent voyage à travers la classe.

C'est incroyable, tout le monde se mouille pour l'acheminer jusqu'à la table de Marie. Je suis d'ailleurs étonnée que personne ne refuse de participer à la tricherie. A croire que tous les moyens sont bons pour la sortir d'une impasse, comme s'il importait à toute la classe qu'elle réussisse son interro. Marie a vraiment la cote, c'est dingue.

Quand le prof ramasse les copies, je suis contente de moi, j'ai répondu à toutes les questions et suis satisfaite de mes tournures de phrase.

Il nous demande ensuite d'avancer sur la rédaction que nous devons rendre le lundi suivant pendant qu'il corrige les copies que nous venons de rendre.

Quand la cloche sonne, nous devons passer le voir avant de partir pour les récupérer.

Nous sortons en même temps dans le couloir avec Leslie et avons obtenu toutes les deux un sept. Je suis un peu déçue mais j'oublie cette déconvenue quand Marie nous rejoint, hilare, en nous disant qu'elle a eu un neuf alors que c'est la seule qui n'a pas lu le livre. Après avoir traversé le hall et tandis que nous nous dirigeons vers la sortie en riant, j'aperçois Lola et Clément derrière le portail du collège qui m'ont visiblement fait la surprise de venir m'attendre après les cours.

Je laisse les filles derrière moi et j'accélère le pas en leur direction tout en ouvrant grand les bras pour y accueillir la petite Lola qui m'arrive seulement à l'épaule.

– Ça fait longtemps.., dit-elle, la voix étouffée par mon pull où elle a fourré son visage.

Puis, je me dégage en ouvrant de nouveau les bras à l'intention de Clément qui se serre contre moi et pose son menton sur ma tête.

A ce moment-là, tandis que je suis dans ses bras, je sens qu'on m'observe.

En regardant discrètement de côté, j'aperçois Thibaut et Max qui discutent à côté de nous. Je ne relâche donc pas mon étreinte avec Clément tout de suite et la fait durer exprès, histoire de provoquer Thibaut qui s'est clairement muré dans l'inaction en ce qui me concerne.

Les filles ont beau me dire que je lui plais, je n'en ai pas spécialement la preuve. C'est difficile de savoir ce qu'il pense et je ne comprends pas pourquoi il tarde autant à se manifester, à moins que je ne lui plaise pas tant que ça.

– Désolée pour l'autre soir, dis-je à l'attention de Clément.

– Y a pas de problèmes, répond-il d'un ton rassurant, on remet ça à plus tard.

J'explique à Marie et Leslie qui nous ont rejoint que, pour une fois, je rentre avec Lola et Clément. Je m'aperçois bien vite que mon annonce ne leur fait pas plaisir mais je ne relève pas.

Restée devant le collège, je les regarde partir devant avec Max et Thibaut.

Et tandis que je les suis tous les quatre des yeux quand ils remontent la rue et que je promène mon regard un peu plus haut, je remarque un garçon avec une casquette rouge qui attend, les bras croisés.

Axel ? Il me semble que c'est lui, le garçon rencontré à la soirée, mais d'aussi loin, je n'en suis pas sûre.

– On va chez toi ? m'interpelle Lola.

Je me tourne vers elle et acquiesce d'un hochement de tête puis quand je regarde de nouveau en direction du garçon à la casquette, c'est trop tard, il est hors de vue. Sur le chemin qui nous conduit chez moi, j'écoute qu'à moitié ce que me racontent Lola et Clément. Je repense à Axel et suis un peu déçue qu'il ne soit pas manifesté auprès de Marie ou Leslie pour récupérer mon numéro. Je peux le faire mais je dois dire que cela me fait un peu peur. C'était tellement bizarre ce qui s'est passé entre nous que je crains qu'il m'ait jugée et qu'il me rembarre.

Nous arrivons à la maison et comme il n'y a encore personne, nous en profitons pour nous installer dans la cuisine pour manger des gâteaux et se raconter des bêtises, comme avant.

Clément me raconte comment Lola s'est fichue la honte à une soirée.

– Non, non, t'exagère Clément ! s'indigne Lola, c'est pas exactement ce qui s'est passé !

– Alors quoi ? Raconte moi ! Je veux savoir, dis-je, curieuse.

– J'étais partie pisser derrière les arbres…commence-t-elle.

– Ça j'ai compris, c'est quoi la suite ?

– Sauf qu'à côté, coupe Clément, il y avait une maison et que les gens faisaient un barbeuc et qu'ils ont tout vu !

– Non ! s'écrit Lola, déjà, il y avait un mec et pas des gens ! Et en plus, il faisait noir, je suis sûre qu'il a pas vu grand-chose !

– Sauf qu'il t'a dit d'aller pisser ailleurs ! renchérit Clément.

– Parce qu'il a deviné que je pissais ! s'exclame-t-elle en levant les bras au ciel.

– Mouais, dis-je en pouffant. Je te crois Lola !

– Oh et puis pensez ce que vous voulez… Au pire, je m'en fous, j'ai un joli cul ! ajoute-t-elle en riant.

Nous éclatons de rire sans retenue tous les trois. A ce moment-là, je me rends compte que ces deux imbéciles m'ont manqué et quand ils s'en vont, nous nous promettons d'ailleurs de nous revoir très vite.

Une fois seule, je prends mon smartphone pour consulter le message que j'ai reçu pendant que je discutais avec Lola et Clément.

C'est Thibaut qui m'a écrit, je l'aurai parié :

– Bien rentrée ?

– Ouais et toi ?

Je reçois une réponse immédiatement.

– Bien. A demain alors.

On ne peut pas dire qu'il soit franchement bavard mais je pense que ma provocation de tout à l'heure avec Clément a un peu marché malgré tout.

– Qu'est-ce qui te fait rire ? demande Elo qui vient de rentrer.

– Oh, c'est rien, dis-je en pouffant.

Je pose mon smartphone sur la table de la cuisine et rejoins Elo sur le canapé du salon.

– Il sort d'où ce jean ? demande-t-elle en désignant le pantalon que je porte.

– C'est Marie qui me le prête, dis-je simplement.

– Bizarre, ils sont chers ces jeans-là et elle te le prête ?

– Bah ouais.

– Elle te kiffe ou quoi ? rit-elle.

– C'est fini l'interrogatoire ? dis-je agacée.

Elo se contente de hausser les épaules.

Comme il n'est pas question que je lui dise la vérité au sujet de ce jean, je lui demande de me maquiller avec de l'eyeliner pour détourner la conversation.

– Tu ne sais toujours pas t'en mettre ? s'étonne-t-elle.

– Non, toujours pas ! Ça m'énerve, je fais des zigzags !

Elo part aussitôt chercher sa trousse à maquillage dans sa chambre et revient avec, deux minutes plus tard. Nous nous installons face à face, en tailleur sur le canapé. Elle approche son visage du mien et commence à tracer un trait en tirant la langue :

– Arrête de rire, je vais rater !

– C'est que tu tires la langue…,dis-je, tu fais ça aussi quand tu fais tes devoirs…

– Mmmm

– T'es pas belle comme ça tu sais…

– T'es relou, dit-elle entre ses dents.

– T'as vraiment une sale tronche…

– Ça y est j'ai terminé ! dit-elle en reculant. Je pense que c'est pas mal, ajoute-t-elle en me tendant un miroir et en affichant un air satisfait.

Elo éclate de rire au moment même où je regarde mon reflet.

– Tu te fous de moi ? dis-je en posant le miroir à côté de moi.

En fait, c'est catastrophique : elle s'est contentée de raturer mes paupières.

– Oui ! explose-t-elle.

J'attrape un coussin et la gifle plusieurs fois avec mais comme Elo continue de rire comme une folle sans se défendre, je ris finalement avec elle de bon cœur.

Puis, une fois calmées, nous nous allongeons côte à côte.

Elo tend le bras pour saisir son téléphone au fond de son sac de cours resté par terre, le pose sur son ventre et me tend un écouteur.

J'écoute la musique tout en fermant les yeux.

Je me sens fatiguée en ce moment : je traîne plus qu'avant avec Marie et Leslie et je me couche tard le soir pour essayer de boucler mes devoirs.

J'écoute la musique quelques minutes seulement et m'endors presque aussitôt.

Il est 23 heures quand je me réveille.

Je vais alors me recoucher aussitôt après avoir souhaité une bonne nuit à Maman et Elo.

Toute la journée du lendemain, je me sens reposée et particulièrement de bonne humeur.

Pendant ma dernière heure de cours, je décide même d'aller voir Lola ce soir alors que ce n'était pas prévu.

J'ai repensé à a la conversation que j'ai eue avec Marie l'autre jour et je me suis dit qu'elle avait raison, que je ne pouvais décemment pas laisser tomber Lola de cette façon, d'autant que nous avons bien rigolé hier avec Clément.

Je laisse les autres devant le portail du collège une fois de plus et vais prendre le bus qui conduit chez Lola.

Je lui envoie un message sur le trajet lui disant que j'arrive, elle ne me répond pas mais la connaissant, elle ne doit pas être bien loin.

Quand j'arrive devant chez elle, j'aperçois sa mère qui taille les rosiers dans le jardin, un chapeau de paille enfoncé sur la tête.

– Mais tu n'as pas prévenu que tu venais ! lance-t-elle alors que je franchis le portail, tu débarques comme ça en pleine semaine, toi ?

Je m'arrête à sa hauteur sans mot dire et l'observe un moment quand elle se ravise subitement :

– Ok, entre ! Elle est là-haut avec Clément.

J'avance sans lui répondre vers la maison même si j'ai envie de lui balancer : tout ça pour ça ?

Je traverse l'entrée et emprunte l'escalier qui mène à l'étage. Je gravis alors les marches, le cœur battant, excitée à l'idée de leur faire une surprise à mon tour et de les retrouver, même si nous nous sommes vus hier.

Empressée, je frappe à la porte et entre sans attendre que l'on m'y invite.

Je fais quelques pas et m'arrête net devant eux, qui, enlacés sur le lit de Lola, ont tout juste eu le temps de tourner la tête en ma direction avec des yeux ronds, surpris par mon intrusion.

Je n'en reviens pas de ce que je vois : j'ai tourné le dos quelque temps et Lola en a profité pour mettre le grappin sur Clément alors qu'elle savait que j'avais des vues sur lui.

– Euh, salut, dis-je, gênée.

– Salut, répondent-ils tour à tour, sur un ton neutre.

Lola m'invite à m'asseoir sur le lit alors je m'installe à leurs pieds en prenant l'air le plus détendu possible.

– Ça va tous les deux ? je demande.

– Euh, ouais, répond Lola.

J'échange quelques banalités avec eux mais j'ai l'impression de parler toute seule. Je sens que je suis de trop mais je reste les fesses scotchées au lit, attendant une explication.

L'ambiance est si pesante que Clément jette l'éponge le premier. Il nous quitte, prétextant qu'il a des trucs à faire et laisse Lola à son triste sort.

A peine a-t-il quitté la pièce que Lola commence à se justifier :

– J'allais te le dire, tu sais, dit-elle avec un regard de cocker.

– Pourquoi tu dis ça ? dis-je sur un ton maîtrisé, j'ai rien dit !

– Non, comme ça, répond-elle tristement.

– Parce que tu sais que je voulais reprendre avec Clément peut-être ? C'est ce qui s'appelle une trahison !

Lola baisse alors les yeux sans me répondre.

– Dis-moi Lola, ta mère nous a vraiment grillées l'autre jour ? j'ajoute.

– Quoi ? s'étonne-t-elle.

– Ou t'as inventé ce truc pour me barrer la route ?

– Hein ? Mais non ! répond-elle, stupéfaite.

– C'est mort, dis-je en me masquant le visage avec les mains.

– Quoi ? s'inquiète-t-elle.

– Vu la tête que tu fais, c'est ça, dis-je en la regardant de nouveau, j'ai visé juste, tu mens, je te connais par cœur !

– Crois ce que tu veux ! répond-elle, hautaine.

– Tu ne te défends pas beaucoup je trouve, insisté-je en pianotant sur le couvre-lit.

Comme je suis sûre d'avoir mis le doigt sur quelque chose, il n'est pas question pour moi d'abandonner. Je veux connaître la vérité alors je reste là à la fixer quand elle craque enfin :

– Qu'est-ce que tu veux que je te dise ? crie-t-elle soudain, que je suis désolée ?

– Non. Laisse tomber, dis-je, sarcastique.

– Merde Amy ! pleure-t-elle, t'es ma meilleure amie, tu le sais !

Comme elle est visiblement à court d'arguments, j'estime que c'est le moment de lui asséner le coup de grâce et de lui dire mes quatre vérités.

– Et ça te donne le droit de te foutre de ma gueule Lola ? crié-je à mon tour. Et bien je vais te dire une chose : t'es pas une amie, une amie ne fait pas ça. Et moi, je suis juste la seule conne qui accepte que tu traînes avec moi quitte à avoir honte parce que laisse-moi te dire que c'est carrément la honte de traîner avec toi ! Tu t'es regardée ? Et le pire dans tout ça, c'est que t'es juste bonne pour te taper mon ex. T'existes tellement pas, que tu te contentes de mes restes ! Tu me fais pitié !

Lola ne répond pas à mon attaque et reste la tête basse en pleurant. Sa réaction était prévisible et elle me dégoûte tellement à présent que je préfère partir sur le champ :

– Ne m'appelle jamais ! crié-je en la quittant.

Je dévale l'escalier et traverse l'entrée en courant. Je sors de la maison et me retrouve en un rien de temps au portail.

La mère de Lola, penchée sur ses rosiers, un sécateur à la main, se redresse tout à coup quand je passe devant elle :

– Tu t'en vas déjà ?

– Oui, j'ai des devoirs à faire, dis-je en affichant un sourire hypocrite. Au revoir Madame !

– Au revoir Amy ! répond-elle, satisfaite.

Qu'elle aille se faire voir aussi celle-là !

Tandis que je rejoins l'arrêt de bus le plus proche, j'appelle Marie sur son portable pour lui raconter ce qui vient de se passer.

– Comment je l'ai mouchée celle-là ! dis-je en fanfaronnant, t'aurai vu sa tête !

– Bien fait ! s'écrit Marie au bout du fil, ce qu'elle a fait, c'est dégueulasse !

Puis, après un instant de silence, une question me vient à l'esprit :

– Dis Marie, tu t'en doutais ?

– De quoi ? demande-t-elle.

– Je sais pas. C'est toi qui m'a dit de rester en contact avec elle il y a pas si longtemps que ça. C'est bizarre. Tu t'en doutais pour elle et Clément ?

J'entends son petit rire à l'autre bout :

– Peut-être, mais au fond, je crois que tu le savais déjà, Amy, non ?

– Oui certainement, dis-je, sauf que je ne voulais peut-être pas le voir.

– Oui, je crois aussi, répond-elle enfin. On se voit demain en cours ?

– Ok.

– Appelle-moi ce soir si tu as besoin ! propose-t-elle.

– Non, merci Marie, ça va aller, il n'y a pas de problème.

– Sûre ?

– Sûre, ne t'inquiète pas, merci. A demain, bisous.

– Bisous, Amy.

Je raccroche et remets mon smartphone au fond de mon sac en montant dans le bus qui est déjà là.

Je me dirige vers le fond de celui-ci et m'assieds à une place côté fenêtre. Je garde ma besace sur les genoux et appuie ma tête sur la vitre.

Je regarde les jolies maisons bourgeoises dehors, les jolis jardins bien entretenus où les enfants jouent à la balançoire ou font du toboggan tout en criant.

Nous nous arrêtons à un arrêt et pendant que les voyageurs descendent sur le trottoir, j'aperçois une maman dans son jardin, qui chahute dans l'herbe avec ses trois gamins en riant. Je ne sais pas pourquoi mais cette scène m'émeut et je me mets à les envier tout à coup.

Le bus repart et je continue à regarder la petite famille qui s'amuse jusqu'à ce que l'on tourne dans la rue suivante et qu'elle soit hors de vue.

Je repense alors à ce qui vient de se passer et je ne peux m'empêcher de pleurer un moment tant je me sens trahie par Lola.

J'ai eu de nombreuses occasions de me montrer méchante avec elle mais j'ai toujours fait preuve de patience. Je l'ai toujours préservée comme une amie doit le faire. Elle, par contre, ne s'est pas gênée pour se ficher de moi. Je suis attristée par l'image qu'elle a de moi et par le peu de considération dont elle a fait preuve.

Quand le bus me dépose devant mon lotissement, mes larmes ont séché mais je reste un peu sonnée d'avoir pleuré.

J'arrive enfin devant la porte de la maison et je fouille d'une manière distraite dans le fond de mon sac pour attraper mes clés quand j'aperçois la voiture de Maman dans l'allée du garage.

Ce n'est pas dans ses habitudes de rentrer si tôt du travail mais c'est vrai que je l'ai trouvée fatiguée ces derniers temps, voire excédée.

J'entre alors dans la maison à première vue silencieuse.

Je laisse mon sac et mes baskets dans l'entrée et me dirige vers la cuisine pour manger un morceau quand j'entends Maman parler au téléphone.

Je m'arrête dans l'encadrement de la porte et vois Maman, assise sur une chaise, dos à moi, en train de discuter en sanglotant :

– Tu comprends pas, se plaint-elle, ils veulent ma tête…J'ai peur de perdre ma place...

Puis, elle se met à pleurer sans retenue :

– Qu'est-ce que je vais dire aux filles ? ajoute-t-elle, la voix déchirée.

Voir Maman avec tant de chagrin me brise le cœur à l'instant. Je ne sais pas quoi faire. M'approcher d'elle ? La prendre dans mes bras ? Je ne sais pas quoi faire alors je fais marche arrière sur la pointe des pieds jusque dans l'entrée. J'ouvre la porte de la maison discrètement et la referme en la claquant.

– M'man ! c'est moi !

J'entends le bruit métallique d'une chaise que l'on fait reculer sur le sol, des chuchotements, puis le bip du téléphone que l'on raccroche.

Pour ne pas mettre Maman mal à l'aise, je file à l'étage avec mon sac de cours avant qu'elle ne sorte de la cuisine.

– Je vais bosser ! crié-je en montant les escaliers.

Je referme la porte de ma chambre derrière moi et m'installe à mon bureau pour bosser un peu mais je n'arrive pas à me concentrer.

Je suis préoccupée par ce que Maman a dit. Et ça me fait mal de l'avoir entendue pleurer mais je ne sais toujours pas quoi faire.

Je fais mes devoirs tant bien que mal en attendant qu'elle vienne me parler quand je l'entends parler avec quelqu'un au rez-de-chaussée.

Mon réveil affiche 18h30. Ce doit être Elo qui est rentrée de cours et qui discute avec elle.

Les heures passent et personne ne vient me voir, pas même Maman qui vient toujours me voir pour savoir comment s'est passé ma journée.

J'attends encore un moment et je descends au rez-de-chaussée pour savoir ce qui se passe.

Le salon est plongé dans l'obscurité et seule la cuisine est allumée et semble animée.

Je m'y rends et j'aperçois Elo qui s'active au fourneau.

– Elo, où est Maman ? je demande.

– Elle est couchée, dit-elle en se tournant vers moi l'air inquiet, elle ne se sent pas bien.

– Qu'est-ce qu'elle a ?

– Je crois qu'elle se sent fatiguée, répond-elle au hasard il me semble.

Je sens qu'elle me ment, elle ne veut rien me dire. Je ne suis jamais au courant de rien dans cette maison. Je suis capable de comprendre pourtant, je ne suis plus une gamine !

Je décide alors de prendre les devants et d'aller voir Maman pour discuter.

Je traverse le salon sans allumer la lumière et me dirige vers la porte de sa chambre.

Je trouve la poignée de la porte à tâtons, ouvre la porte doucement et passe ma tête par l'embrasure.

– Maman ? dis-je à voix basse.

– Mmmm.

– Ça va Maman ? Tu as besoin de quelque chose ?

Il fait sombre dans la pièce. Maman a fermé les volets et je ne vois absolument rien.

Puis, je l'entends marmonner quelque chose, comme si elle parlait dans son oreiller mais je ne comprends pas ce qu'elle dit.

– Quoi ? Qu'est-ce que t'as dit ? je chuchote.

J'entends alors ses draps bruisser, signe qu'elle s'est redressée dans son lit.

- Je t'ai dit de me foutre la paix ! hurle-t-elle soudain.

Sonnée par la violence de sa réponse, je m'éclipse aussitôt sans dire un mot et referme la porte derrière moi.

Au moment où je m'apprête à remonter l'escalier pour me réfugier dans ma chambre, je croise Elo qui me tope au passage.

– Qu'est-ce que t'es allée faire ? demande-t-elle, suspicieuse.

– Voir Maman, voir ce qu'elle a…

– T'es chiante, s'énerve-t-elle, je t'ai dit qu'elle était fatiguée !.

– Oui mais…dis-je en baissant la tête.

- Tu fais chier Amy ! Tu pouvais pas la laisser tranquille ? Elle a pas besoin de toi !

Puis, elle se reprend :

– Viens manger, ça va refroidir !

Je m'installe à table en silence face à elle.

Elle a fait une pizza et m'en a servi une part dans une assiette.

Je mange discrètement sans faire de bruit ni même la regarder de peur d'attirer ses foudres.

Au bout d'un moment, je relève les yeux vers elle, attirée par les cliquetis incessants de sa fourchette dans son assiette.

Je m'aperçois qu'elle pleure et qu'elle massacre sa pizza avec sa fourchette.

Je lui prends la main pour la réconforter mais elle la retire aussitôt.

– Arrête ! dit-elle avec un regard mauvais, tout ça c'est de ta faute ! Si Maman va pas bien, si Papa est parti ! J'aimerai que tu ne sois pas là ! Casse-toi ! Je te déteste ! ajoute-t-elle en crachant.

Je me lève d'un seul coup en ébranlant la table et cours me réfugier à l'étage.

Je monte les marches quatre à quatre et m'enferme aussitôt dans ma chambre.

Je me jette sur mon lit en pleurant et serre mon oreiller sur mon visage de toutes mes forces, à m'en faire péter les veines, comme pour contenir la douleur.

L'histoire avec Papa me fait souffrir plus que tout.

Allongée sur mon lit, les yeux fermés, je me la remémore malgré tout, comme une pénitence.

La vérité c'est que je n'étais pas prévue au programme, je suis l'enfant surprise comme on dit., celui que l'on n'attendait pas.

Maman était ravie d'attendre un deuxième enfant mais pas Papa. Il a essayé de la convaincre de ne pas me garder mais il n'y est pas parvenu.

Elo était née et Maman ne pouvait pas se résoudre à recourir à l'avortement, elle me voulait absolument.

Alors, la grossesse s'est passée dans les disputes et les cris. Mes parents se sont déchirés à cause de moi et le foyer jusqu'ici tranquille et serein est devenu un véritable enfer.

Maman était délaissée par Papa qui fuyait la maison et les disputes pendant tout ce temps.

Alors, à ma naissance, ils ont convenu avec ma grand-mère maternelle que je lui sois confiée pour apaiser les tensions et sauver leur couple.

Maman venait me voir parfois le week-end chez ma grand-mère avec un jouet ou quelques bonbons mais elle n'était jamais accompagnée de Papa et Elo.

Cela ne m'attristait pas plus que cela car j'étais trop petite. Et puis, ma grand-mère remplissait complètement la fonction de maman attentionnée :

Elle me faisait à manger comme j'aime, me laissait dormir avec elle quand j'avais peur et soignait mes petits bobos avec douceur en séchant mes larmes.

Malgré mon absence de la maison, les tensions entre Maman et Papa sont vite réapparues. Papa est devenu autoritaire et irascible et le divorce ne s'est pas fait attendre.

Je suis restée malgré tout chez ma grand-mère jusqu'à mes cinq ans et toute ma vie, je me rappellerai le jour où Maman est venue me chercher.

Je joue avec mes poupées sur mon lit et j'entends que l'on se dispute au salon sans bien comprendre ce qui se passe.

Tout à coup, j'aperçois ma grand-mère faire barrage avec ses bras dans l'encadrement de la porte, suivie de Maman, hors d'elle, qui la pousse sans ménagement pour passer.

– Tu n'as pas le droit de me l'enlever ! C'est mon enfant ! hurle Maman tout en se dirigeant vers moi comme une furie.

J'ai un mouvement de recul tout en me cramponnant à ma poupée quand soudain Maman m'attrape par un pied pour me faire dégringoler du lit sans ménagement, emportant sur mon passage les nombreux doudous que ma grand-mère avait achetés mois après mois.

Elle me met debout de force, me fait marcher en me tirant par la main et je peine à la suivre puisque mes pieds touchent à peine le sol.

– Je t'en supplie, pleure ma grand-mère, ne fais pas ça !

Mais Maman est insensible à sa prière et continue son chemin jusqu'à la porte d'entrée avec ma grand-mère sur ses pas qui s'accroche en vain aux pans de son long manteau.

Je comprends tout à coup que Maman m'emmène loin d'ici.

Quand elle et moi nous nous retrouvons sur le palier, je me cabre en arrière pour forcer Maman à s'arrêter. Je ne peux pas partir comme ça.

Je regarde ma grand-mère qui est là, les mains jointes et je reste muette, incapable de dire quoi que ce soit.

J'ai le cœur brisé en revoyant cet image que j'ai gardé en mémoire : ma grand-mère qui pleure, ses larmes qui dégringolent dans les sillons de son visage de vieille dame.

Elle reste là, immobile, impuissante et silencieuse.

Puis, après nous être regardées un moment, Maman me tire par le bras dans un élan et m'entraîne dans l'escalier en courant.

Une fois que nous sommes sorties de l'immeuble, elle me soulève pour me faire rentrer dans la voiture et m'attache avec la ceinture de sécurité.

Elle prend place à son tour, met le moteur en marche et quitte les lieux sans attendre.

Elle roule à vive allure et me regarde pleurer dans le rétroviseur mais elle ne dit rien, pas même un mot réconfortant.

Et puis, la vie reprend son cours avec Maman et Elo cette fois-ci.

Maman se comporte différemment avec moi et avec Elo. J'ai le sentiment d'être une étrangère. Ce sentiment, avec le temps, s'est un peu effacé mais il est toujours là malgré tout. Je me sens comme à part, comme une invitée, pas comme un membre de ma propre famille.

— Il faut qu'on s'habitue l'une à l'autre, hein ma chérie ? me dit-elle au bout de quelques jours, on a pas passé beaucoup de temps ensemble toutes les deux hein ?

Je lui réponds avec un sourire et un hochement de tête pour lui faire plaisir même si c'est Mamie que je veux. Et même si je suis petite, je sais que je suis suffisamment forte pour affronter cela.

Je n'oublierai jamais ces années passées chez ma grand-mère mais je sais que je dois pouvoir vivre ici sans faire d'esclandres. C'est certainement ce que Mamie veut d'ailleurs.

Rapidement, j'ai appris à cacher mes états d'âme à Maman, pour ne pas la rendre triste, ne pas la déranger, en étrangère que je suis.

J'ai aussi vite compris que l'on ne guérit jamais de son enfance, que l'on peut juste faire avec en attendant des jours meilleurs.

Ce souvenir me pèse mais ce qui me pèse le plus, c'est de ne pas avoir su m'exprimer en quittant Mamie.

Alors parfois, j'imagine de toute pièce un au revoir différent, apaisant, celui que je n'ai pas su formuler à l'âge de 5 ans :

Je suis sur le palier.

Maman me tient par la main pour ne pas que je me sauve.

Elle me tient si fort que mon poignet me fait mal mais je parviens malgré tout à m'avancer vers Mamie qui se penche sur moi :

- Je dois partir, Mamie, c'est comme ça, dis-je à son oreille tout en essuyant ses larmes avec ma petite main sur ses joues abîmées, mais c'est toi que j'aime, il n'y a que toi.

Tout à coup, sa tristesse s'envole et son visage s'illumine, irradié par la joie.

Elle sourit de nouveau, enfin prête pour la séparation, et me fait au revoir de la main avec sérénité tandis que je descends les escaliers.

7

Le lendemain matin, quand je me lève, je suis groggy. J'ai les yeux gonflés comme si j'avais pleuré toute la nuit, même en dormant, tant l'épisode de la veille m'a secoué émotionnellement : l'agressivité d'Elo et de Maman, le souvenir de mon enfance avec Mamie.

Je regarde dans le miroir mon visage inexpressif. J'essaie de sourire mais je n'y parviens pas.

Une étude américaine dit que pour être heureux, il suffit de se mettre chaque matin devant un miroir et de se renvoyer un sourire. Il est écrit que c'est le meilleur moyen pour se sentir bien et démarrer la journée du bon pied.

J'imagine que cette méthode fonctionne. Ce sont les américains qui le disent après tout. Mais encore faut-il parvenir à sourire, même pour de faux et là, tout de suite, je n'y arrive pas.

J'ai comme une boule dans la gorge que je sens davantage quand je déglutis. La même boule que nous avons lorsque nous sommes sur le point de pleurer.

Pourtant, ce matin je ne pleure pas. Probablement parce que j'ai déjà beaucoup pleuré hier soir.

Aussi bien que je ne souris pas, je ne pleure pas. Mon visage reste impassible.

Les mains posées sur mes joues, je me déforme le visage en tirant la peau vers le bas, en la poussant vers le haut, puis enfin sur les côtés.

J'observe mon visage en le tournant de ¾ maintenant et je n'aime pas le reflet qu'il me renvoie, je le trouve même laid.

J'ouvre le placard qui se situe sous le lavabo et en sors mon vanity rempli de maquillage.

J'aligne méthodiquement les pots et les tubes dans l'ordre où je vais m'en servir.

Crème hydratante, fond de teint, diverses poudres pour marquer les ombres de mon visage ou y ajouter de joyeuses touches rosées.

Je me maquille ensuite les yeux en appliquant une épaisse couche de mascara en recourbant mes cils.

Puis, je me redessine la bouche et les sourcils.

Quand j'ai terminé, je me sens un peu mieux avec ce visage qui n'est pas tout à fait le mien mais le cœur n'y est pas franchement à vrai dire.

J'enfile un jean et un t-shirt et je me coiffe à la va vite en attachant juste ma mèche avec le papillon bleu que Marie m'a offerte et qui ne me quitte plus.

Je mets des baskets blanches toutes simples et mon sac sur le dos.

Je décide de sauter le petit-déjeuner pour ne pas affronter Elo et Maman. Je leur dis juste « à ce soir » d'un ton maîtrisé et jovial en passant comme une tornade devant la cuisine où elles sont attablées.

Maman me barre alors la route avec un pain au chocolat que j'attrape au vol. Le sourire affectueux qu'elle m'adresse me brise le cœur plus qu'autre chose et me fait monter les larmes aux yeux, si bien que je me précipite pour sortir de la maison pour ne pas me donner en spectacle.

Dans le bus, la boule que j'ai dans la gorge me donne la nausée et provoque un véritable supplice à chaque virage : j'ai bientôt carrément envie de vomir.

J'observe le panneau lumineux qui indique les prochains arrêts et procède à un décompte précis jusqu'au collège : plus que 8 arrêts.

J'ai hâte d'arriver enfin.

Je profite de chaque bouffée d'air que me procure les ouvertures incessantes de la porte à côté de laquelle je me suis assise pour tenter de diminuer la nausée.

Je croise d'ailleurs les doigts pour qu'il y ait des voyageurs à chaque arrêt et que je puisse profiter ainsi de l'air frais provenant de l'extérieur.

Un type, la vingtaine, vient s'asseoir à côté de moi.

Je laisse ma tête appuyée sur la vitre froide pour me rafraîchir et ne me tourne même pas vers lui, même si je sens son regard insistant sur moi.

J'entends le bruit d'un briquet que l'on frictionne.

Je tourne enfin la tête et regarde mon voisin qui essaie lamentablement de rallumer une fin de pétard en crapotant.

Il balaie ensuite de sa main une boulette incandescente qui est tombée sur son survêt déjà criblé de trous à plusieurs endroits.

– T'en veux ? demande-t-il.

Je réponds non de la tête et reprends ma position initiale.

– Tu vas en cours là ?

– Ouais, dis-je.

- Tu t'appelles comment ?

- Amy.

Je n'ai pas envie de lui parler.

J'ai peur de vomir à chaque fois que j'ouvre la bouche et l'odeur du pétard n'arrange rien.

Et puis, je n'aime pas ce genre de mecs, défoncé.

Ses doigts sont jaunis par l'excès de fumette et les vaisseaux sanguins de ses yeux sont rouge écarlate.

J'ai remarqué aussi ses cheveux archi gras et quelques dents cassées par endroit lorsqu'il m'a souri.

– T'es charmante, reprend-il.

– Ouais, merci, dis-je en me levant pour descendre à mon arrêt.

Une fois dehors, je tourne dans la rue sur la gauche plutôt que de filer au collège qui est sur la droite.

Je regarde derrière moi pour vérifier que l'autre tâche du bus ne soit pas en train de me suivre.

Je ne sais pas trop ce que je vais faire, si je vais arriver en retard ou sécher la première heure.

J'ai besoin de m'aérer, j'en ai gros sur la patate ce matin à cause des histoires avec Lola, Elo et Maman, je me sens triste et terriblement seule.

Le fait d'attirer le mec du bus, l'autre boulet, ne m'a en rien réconfortée.

Tandis que je marche, j'aperçois Max qui arrive en sens inverse et qui va en direction du collège.

Une fois à ma hauteur, il me demande :

– Salut Amy ! Tu vas où ?

– Par là, dis-je en pointant du doigt droit devant moi.

Il tourne la tête en alternance vers le collège et vers la direction que je désigne l'air d'hésiter puis il décide de rester avec moi.

– T'es pas obligé Max, tu sais !

– Mais je vais te laisser seule sans savoir où tu vas ! Tu veux rester dehors ?

– Ouais.

– Viens, suis-moi, ajoute-t-il en me prenant par l'épaule.

Je le suis entre les immeubles en empruntant une venelle qui débouche sur un petit square désert.

Je devine que nous sommes dans son quartier.

Nous nous asseyons sur un banc et il me demande d'emblée :

– Qu'est-ce qu'il y a Amy ?

– Bof, j'ai quelques problèmes, dis-je en remontant mes genoux sous le menton.

– T'es pas obligée de me le dire. T'en parleras avec Leslie, hein ?

– Ouais.

– T'en fais pas , ça passera, dit-t-il en me frottant la tête. Tu sais, moi, depuis que je suis petit, j'arrête pas de faire le con. Je me suis même fait viré plusieurs fois. Et à chaque fois, je fais de la peine à ma mère mais je peux pas m'en empêcher, je sais pas pourquoi.

– Ah oui ? On dirait pas que t'es comme ça et puis ça va depuis le début de l'année, non ?

Max plante ses yeux noirs dans les miens et me fait un petit sourire qui laisse apparaître ses fossettes.

– Disons que je me soigne… Enfin, j'essaie ! Et toi, t'étais comment petite ?

– Mmmh, sage, je crois.

– Ouais, ça m'étonne pas…

– Pourquoi tu dis ça ?

– Bah t'es gentille, ça se voit.

– Ça veut dire quoi ça ? dis-je en riant.

– Rien, vraiment rien. Juste que t'es gentille, c'est tout.

– Ah ouais.

–Bah ouais, dit-il en me donnant un coup de coude amical. On essaie de choper la 2ème heure ?

J'approuve d'un signe de tête parce que mon mal de cœur a presque disparu maintenant.

Après avoir traversé la route, nous descendons la rue jusqu'au collège et une fois devant le portail, Max se tourne vers moi.

Il affiche une fois de plus son sourire à fossettes et me dit sur le ton de la confidence :

– Je suis content qu'on ait pu discuter.

– Moi aussi, dis-je en souriant.

Je suis sincère en disant cela. Disons que j'ai toujours trouvé Max sympa mais j'étais loin de m'imaginer qu'il puisse être sensible, je le voyais plutôt comme un mec macho en fait.

Il reste face à moi. Il semble hésiter à parler tout en regardant derrière moi quand il lâche enfin :

– Tu crois que je plais à Leslie ?

Je l'entraîne dans l'enceinte du collège en le prenant par l'épaule à mon tour et lui réponds :

– Oh oui ! plus que ça même !

Il me regarde une fois de plus et malgré la noirceur de ses yeux, je perçois une lueur qui atteste d'une satisfaction non dissimulée.

En entrant tous les deux au bureau des pions, nous tombons nez à nez avec le proviseur :

– Bonjour jeunes gens !

– Bonjour Monsieur ! nous répondons en chœur.

– Vous n'aviez pas cours à 8h00 tous les deux ?

– Si, fait Max, mais elle ne se sentait pas bien alors je suis resté avec elle.

– Il y a une infirmerie pour ça, répond le proviseur en me fixant.

– Oui mais c'est d'ordre personnel, dit Max sur un ton mielleux.

– Ah, je vois, dit le proviseur en baissant manifestement sa garde. Donnez-moi vos carnets pour que je les signe. Ça ira bien comme ça.

Je lui tends mon carnet qu'il regarde rapidement, signe un bon de retard et me le rend.

Max lui tend le sien à son tour et le proviseur le parcourt plus longuement en fronçant les sourcils.

Visiblement, il contient déjà des observations de la part des professeurs.

Je regarde alors Max qui se tourne vers moi aussi, souriant et vraisemblablement confiant.

Puis, le proviseur lève son crayon au-dessus du carnet, reste immobile un instant comme s'il hésitait à laisser Max filer, et finit enfin par lui signer aussi.

– Merci, Monsieur, nous disons tour à tour.

– Allez, filez en cours avant que la cloche sonne !
répond le proviseur la bouche pincée.

Nous marchons rapidement jusqu'à la salle où nous
avons cours pour la deuxième heure.

Mais une fois devant la porte, Max qui est devant moi
ne bouge pas.

– Bah alors, je chuchote, tu frappes oui ou non ?

– Viens, on y va pas, dit-il en se retournant, hilare.

– Non, t'abuses Max, dis-je en lui frappant le bras,
faut qu'on y aille !

Je me mets à rire alors qu'il écarte les bras pour faire
barrage devant la porte.

– Il va falloir me passer sur le corps, dit-il tout fort.

– Chut, t'es vraiment grave ! dis-je en peinant à
contenir mon rire.

Puis, tout en m'encerclant avec ses bras, il avance tout
en me poussant avec son torse en direction d'un mur.
J'essaie de le contrer mais comme il est plus fort que
moi, je me trouve rapidement coincée contre le mur,
hilare.

– Allez, viens, dit-il en me libérant. C'est bon, tu as
gagné, on y va.

Alors que sa main s'approche de la porte, prête à
frapper, je lui retiens le bras en riant :

– Attend, il faut que j'arrête de rire !

– Si tu n'y mets pas du tien aussi ! rit-il, bon alors ?

– C'est bon.

– C'est bon, t'es sûre ? demande-t-il, taquin.

– Sûre, dis-je avec aplomb.

Il frappe enfin et le prof nous invite à entrer.

Nous lui montrons nos carnets dûment signés et après les avoir vérifiés, il nous demande d'aller nous asseoir.

En rejoignant ma place, je croise le regard interrogateur de Thibaut auquel je réponds par un large sourire.

A peine suis-je assise que Leslie me harcèle de questions mais elle est vite interrompue par le prof qui lui demande de se taire.

Lorsque la cloche sonne pour annoncer la récréation du matin et tandis que nous rangeons nos affaires pour sortir de la classe, Leslie reprend son interrogatoire.

– Vous faisiez quoi avec Max ?

– Il m'a accompagnée.

– Où ça ? Je comprends pas.

Nous rejoignons les autres dans la cour tout en lui racontant ce qui s'est passé, que je ne me sentais pas bien ce matin à cause d'Elo, de Lola et que Max a séché le premier cours avec moi.

J'aperçois Marie qui m'attend de pied ferme et alors que je suis encore à distance, elle me lance :

– Max m'a tout raconté, il ne faut pas rester comme ça Amy, on est là nous !

– Merci, vous êtes sympas, leur dis-je à tous tandis qu'ils me regardent avec bienveillance.

– J'ai une idée, dit Leslie en s'approchant, on vient chez toi ce week-end, il n'est pas question que tu restes seule ! ajoute-t-elle en me serrant dans ses bras. Pendant l'accolade, j'aperçois Max qui me fait un sourire complice.

Le samedi suivant, je suis intenable en attendant que les filles arrivent.

– Ne reste pas là Amy ! râle Maman.

Je n'ai rien fait d'autre que de tourner en rond depuis ce matin et ça énerve Maman que je traîne comme une âme en peine dans la maison et qu'elle soit obligée de me contourner pour passer d'une pièce à l'autre.

Le nez collé à la fenêtre, je guette l'arrivée de Marie et Leslie.

– Amy, tu m'entends ? demande Maman.

Je ne réponds pas car mon cœur vient de bondir dans ma poitrine à la vue des filles qui sont arrivées devant le portail.

Je suis tellement contente de les recevoir que j'ouvre la porte avant qu'elles ne frappent et nous nous saluons ensuite chaleureusement alors que nous nous voyons tous les jours.

Je leur présente rapidement Maman et Elo, les emmène dans ma chambre pour qu'elles y déposent leurs affaires et on file se balader en ville pour se livrer à notre jeu favori.

Comme à mon habitude maintenant, je me promène l'air de rien dans les rayons du centre commercial et je laisse les filles faire leurs affaires.

Elles profitent d'être en cabine d'essayage pour fourrer quelques fringues dans leurs cabas. Elles s'assurent au préalable que la vendeuse qui est chargée de compter les articles avant l'essayage soit occupée à autre chose. Quand elles ressortent, j'entends la vendeuse qui a repris son poste dire à l'une d'entre elles :

– Qu'un seul article ?

– Oui et je le prends, affirme Leslie.

– Ok, bonne journée mesdemoiselles.

Ensuite, nous nous dirigeons vers la caisse pour payer l'article. Nous payons chacune notre tour et aujourd'hui, c'est celui de Leslie.

En attendant son tour, je récupère les cabas des filles et glisse un antivol que j'avais conservé dans le sac à main de la dame qui est devant nous.

Quand cette dernière a réglé, je lance :

– Je vous attends dehors les filles, j'ai trop chaud ici !

Puis, je suis ma victime désignée jusqu'à la sortie et prends soin de passer dans le même portique en la serrant de près.

Lorsque l'alarme se déclenche, elle s'arrête et regarde l'agent de sécurité comme n'importe quelle personne honnête.

Je m'excuse auprès d'elle et lui demande de s'écarter pour que je puisse passer et je suis dehors en un rien de temps.

Depuis l'extérieur, j'observe le vigil s'approcher et lui faire repasser le portique plusieurs fois en ayant pris soin d'enlever son portable de son sac et son trousseau de clés.

Puis, comme l'alarme continue à sonner, je vois la dame perdre de sa contenance.

Le vigil lui intime alors de se mettre sur le côté pour effectuer un contrôle.

– Mais je ne comprends pas ! C'est honteux ! Je vais aller me plaindre à la direction ! s'insurge la dame.

Le vigil reste silencieux face à sa colère et continue de fouiller méticuleusement le sac à main de la pauvre dame pendant que Marie et Leslie sortent enfin de la boutique en affichant un sourire radieux.

Nous ne tardons pas à nous éclipser toutes les trois avant que la sécurité ne fasse le rapprochement.

De retour à la maison, nous filons immédiatement à l'étage pour évaluer notre butin et retirer les antivols.

Puis, debout sur ma chaise de bureau, je cache les vêtements dérobés et quelques antivols d'avance tout en haut de mon armoire, derrière une boite à archives qui contient mes cours de l'an passé.

Les filles ont déjà pas mal de fringues planquées un peu partout dans leurs chambres respectives et cacher nos nouvelles trouvailles ici, permet de diminuer le risque de se faire choper.

Surtout que Maman ne fouille jamais dans mes affaires : elle me fait confiance puisque je ne fais jamais de conneries.

L'avantage de ce dispositif est que, comme je participe désormais à cette combine, je peux me servir dans le butin autant que je veux.

Et quand Elo et Maman me demandent d'où je sors mes nouvelles fringues, je leur dis que Marie ou Leslie me les ont prêtées et comme elles savent qu'elles ont du fric, cela passe comme une lettre à la poste.

Elo dîne chez une copine ce soir, je la soupçonne d'avoir voulu échapper à une soirée entre gamines comme elle dit.

Nous descendons au rez-de-chaussée rejoindre Maman et Marie et Leslie se dirigent naturellement vers la véranda.

Elles y trouvent effectivement Maman qui s'occupe de ses plantes et entament la conversation avec elle.

Auparavant, la véranda nous servait à prendre nos repas à la mi- saison, pour profiter du jardin et des rayons du soleil sans craindre le froid.

Aujourd'hui, cet espace est colonisé presque dans son intégralité par des orchidées qui profitent de la chaleur du soleil à travers le toit vitré.

Alignées sur le sol, les unes à côté des autres, dans des petits pots transparents, elles ont joint leurs racines les unes aux autres avec le temps. Elles forment ainsi un tout dépareillé de formes et de couleurs éclatantes, du jaune le plus vif au fuchsia le plus profond, devant lequel les filles s'extasient.

Appuyée sur la cloison en verre les bras croisés, j'observe la réaction des filles d'un air amusé.

– J'ai jamais vu ça ! s'exclame Leslie. Vous avez un don Madame !

A la façon dont les joues de Maman rosissent, je devine que ce compliment lui a fait plaisir.

– Pourquoi vous les aimez tant ? demande alors Marie.

– Hé bien, ça va te paraître bizarre mais c'est de loin la plante la plus compliquée et c'est justement ce qui me plaît, répond Maman.

– Ah oui ? demande-t-elle, curieuse.

– Les autres plantes ont besoin d'eau, d'un peu de lumière et éventuellement d'un peu d'engrais pour se développer, explique-t-elle. Les orchidées, elles, sont plus capricieuses. Si elles ont trop d'eau, ça ne va pas. Si elles ont trop de lumière, ça ne va pas non plus. Mais à l'inverse, si elles en manquent, elles ne font plus de fleurs.

– Ça a l'air bien compliqué, dit Leslie, songeuse.

– Oui au début mais il suffit d'être à l'écoute de leurs besoins et c'est là tout l'intérêt. Si je trouve ce dont elles ont besoin, elles me le rendent en faisant de magnifiques fleurs comme celle-là, ajoute-t-elle en désignant une orchidée aux larges fleurs d'un blanc immaculé.

– Je vois, répond Marie, c'est cool !

Je suis fière d'entendre Maman parler comme ça, comme une connaisseuse, parce qu'elle impressionne Marie et Leslie.

Il me semble qu'elles s'apprécient toutes les trois.

Pendant le dîner, parce que Marie lui a dit qu'elle trouvait son collier joli, Maman l'a détaché aussitôt et le lui a offert. C'est un collier qu'elle a acheté dans une boutique artisanale du centre-ville avec un pendentif représentant un petit oiseau en cage.

Marie l'a mis immédiatement et j'ai compris que ça lui a fait plaisir parce qu'elle a porté sa main à son cou à de nombreuses reprises pendant la soirée pour vérifier qu'elle ne l'avait pas perdu.

C'est étonnant d'ailleurs qu'un simple bijou fantaisie lui fasse autant plaisir. Comme si c'était la première fois qu'elle recevait un cadeau alors que, gâtée par ses parents, elle semble ne manquer de rien.

Tout à l'heure, pendant que Marie tenait le pendentif dans sa main, je n'ai pas pu m'empêcher de l'observer, son cou gracile et ses doigts si fins et si joliment dessinés, contrairement aux miens qui sont courts et boudinés.

Après le dîner, tandis que nous débarrassons la table, les filles ne tarissent pas d'éloges sur les qualités de cuisinière de Maman.

– C'était très bon Madame, dit Leslie.

– Oh, ce n'est pas grand-chose à faire, tu sais, répond-elle en souriant.

La fausse modestie de Maman me fait sourire quand je sais que le poulet aux amandes que nous avons mangé a mijoté plusieurs heures cet après-midi et qu'elle a mis tout son cœur à nous préparer un far aux pruneaux dont elle a fait sa spécialité.

Après cela, j'écris à Max et Thibaut pour savoir ce qu'ils font ce soir et comme ils sont libres, je leur propose de venir nous chercher chez moi et d'aller ensuite passer la soirée au square qui est à côté.

Vers 22h, la sonnette retentit alors que nous nous pomponnons avec les filles dans ma chambre.

J'entends la porte d'entrée s'ouvrir et Maman converser avec les garçons.

Quand enfin nous apparaissons toutes les trois, maquillées et coiffées, Max et Thibaut sont installés dans le canapé et papotent avec Maman, un verre de soda devant eux.

Nous les rejoignons sans attendre tandis que Maman, volubile, ne cesse de leur poser des questions :

– Amy m'a dit que vous étiez dans la même classe ?

– Oui, Madame, répond Max.

– Lequel d'entre vous est Max ? Et qui est Thibaut ?

Les garçons se désignent mutuellement et répondent en chœur :

– C'est lui !

Puis, nous nous mettons tous à rire de bon cœur.

– Non, plus sérieusement, je suis Thibaut et lui c'est l'affreux Max !

– Ou plutôt, c'est lui l'affreux Thibaut et moi, Max le magnifique !

Je regarde Maman qui, amusée, rit à chacune de leurs blagues et semble particulièrement heureuse à ce moment-là.

Elo, qui vient de rentrer, se joint à nous pour découvrir ces amis dont je parle tout le temps depuis la rentrée. Elle écoute la conversation sans dire un mot et observe chacun d'entre eux curieusement.

Comme l'heure tourne, je décide d'aller dehors pour finir la soirée. Les garçons saluent alors Maman chaleureusement, reprennent leurs sacs avec précaution pour ne pas faire tinter les bouteilles qui s'y trouvent et me suivent avec Marie et Leslie l'extérieur.

Nous remontons ma rue pour rejoindre le square, les filles et moi en tête et les garçons derrière.

Alors que nous discutions comme de vraies pipelettes, nous n'avons pas remarqué que les garçons ne nous suivaient plus.

Nous nous arrêtons toutes les trois et regardons dans la rue à peine éclairée par un lampadaire où ils peuvent bien se trouver.

– Venez, dit Leslie en retournant sur ses pas, ils ont dû se cacher quelque part.

Cramponnées les unes aux autres, nous avançons à petits pas en riant nerveusement.

Tout à coup, les garçons sortent de derrière une haie en bondissant sur nous et en rugissant.

Ni une ni deux, les filles et moi nous dispersons en criant dans la rue pendant que les garçons se tordent de rire.

Nous rejoignons ensuite le square et nous nous installons sur l'herbe tous les cinq.

Thibaut sort alors cinq bières qu'il décapsule à l'aide d'un briquet et qu'il nous distribue tour à tour.

Alors que nous, les filles, buvons à petites gorgées, les garçons boivent cul sec.

Puis, pour se défier, ils boivent une deuxième bière de la même façon.

Ils laissent les bouteilles vides au sol et se mettent à chahuter et à se bagarrer dans l'herbe pour nous faire rire.

Comme l'ambiance est réchauffée, nous décidons de nous donner des gages pour s'amuser.

Des trucs complètement débiles et enfantins que nous ne ferions jamais en temps normal mais aucun de nous ne se défile.

Leslie, en maître de cérémonie, se tient devant nous tout en se tapotant la bouche avec l'index.

Elle fouille ensuite dans les poches de sa veste en jean et sort un tube de rouge à lèvres couleur framboise.

– Tiens Amy ! dit-elle en me tendant le tube.

– Et je suis censée faire quoi ? demandé-je.

– Je te bande les yeux et tu dois mettre du rouge à lèvres aux garçons, répond-elle en détachant le foulard qu'elle a autour du cou.

– Ok, dis-je en riant.

– Oh ! c'est nul ça ! s'exclament les garçons.

– Allez, on va rigoler, ajoute Leslie.

Je me mets à genou et une fois que Leslie m'a caché les yeux et qu'elle a vérifié que je n'y vois rien, je demande à Max de s'approcher.

Une fois son visage encadré avec mes deux mains, je cherche à tâtons sa bouche avec le bout de mes doigts. J'éclate de rire quand Max m'attrape le doigt entre ses dents et se met à grogner.

– Laisse-toi faire, dis-je. Sois gentil !

Pendant que je le tartine, celui-ci, inquiet, me dit entre ses dents :

– Ça part bien ce truc, hein Amy ?

– Ne bouge pas Maxou ! Sinon tu ne seras pas joli ! dis-je en me moquant.

– Non mais sérieux, ça part bien ce truc ?

– Bof, pas trop, c'est assez gras en fait, dis-je alors que je viens de finir.

C'est au tour de Thibaut.

J'entends des mouvements dans l'herbe signe qu'il a changé de place avec Max. Il me prend par les poignets et pose mes mains sur ses joues.

– Vas-y, je suis prêt, dit-il. Prêt à souffrir !

Je sens sa barbe naissante et sa bouche charnue sous mes doigts. Je suis troublée par ce contact, tout comme lui j'imagine : tout à l'heure agité, il est maintenant silencieux.

– Ah ! On ne vous entend plus les deux là ! se moque Marie.

– Qu'est-ce qui vous arrive les tourtereaux ? ajoute Max.

Je souris en direction de leurs voix et continue tant bien que mal mon gribouillage.

– Allez, c'est bon Amy, dit Leslie impatiente. Ça ira comme ça !

Je détache le foulard moi-même et ris en découvrant les visages bariolés des garçons car je pensais avoir quand même mieux visé que ça.

Leslie a déjà dégainé son smartphone mais les garçons l'arrêtent net :

– Non, déconne pas Leslie !

Elle le remballe alors, l'air déçu.

Les garçons, eux, se mettent à rire l'un de l'autre.

– Qu'est-ce que t'as l'air con ! s'exclame Thibaut.

– Ah bon ? Mais toi, tu me plais bien, répond Max en lui caressant le bras.

– Casse-toi ! fait Thibaut en faisant tomber Max dans l'herbe.

Je sors alors des mouchoirs en papier de ma poche de veste et les donne aux garçons pour qu'ils se débarbouillent.

Bien que Thibaut se soit frottés avec, des traces de rouge demeurent autour de sa bouche lui donnant un drôle d'air.

Je ris tandis qu'il me parle.

– Quoi ? s'interrompt-il soudain.

– C'est que tu as encore du rouge, dis-je en frottant sa peau avec mes doigts.

– C'est bon ? demande-t-il en approchant son visage du mien.

– C'est bon, dis-je en lui donnant une tape sur la joue.

– Bon, à vous les filles ! crie Max, revanchard.

Assises en ligne sur l'herbe, nous nous regardons toutes les trois, inquiètes, en attendant que la sentence soit prononcée.

Les garçons, assis face à nous, penchés l'un sur l'autre, chuchotent un moment et se tournent enfin vers nous.

Tandis qu'ils restent silencieux un moment pour faire durer le suspense, nous restons toutes les trois suspendues à leurs lèvres closes, nous attendant au pire.

– Vous allez devoir vous imiter ! déclare finalement Max.

Nous relâchons la pression dans un soupir.

– Oh bah ça va, dis-je.

– Mais attention, ne soyez pas trop gentilles sinon c'est pas drôle, ajoute Max.

C'est Leslie qui commence : elle doit imiter Marie.

Elle se cache alors le visage derrière les mains.

Alors qu'on se demande ce qu'elle fiche en riant, elle ouvre ses mains pour faire apparaître son nouveau visage avec une bouche en cul de poule.

– Hé ! Je fais pas ça ! s'indigne Marie.

– Chut, laisse la continuer, interrompt Thibaut.

– Oui…Non…Je sais pas trop en fait, dit Leslie d'une voix nasillarde, je devrai peut-être changer de jean, tu vois han ? Mais si je change de jean, faut que je change tout le reste tu vois han ? Mon haut, ma coiffure, mon vernis…

– T'es une peau de vache ! crie Marie en la secouant par le bras.

Alors que nous applaudissons la performance, les garçons m'annoncent que c'est mon tour, que c'est à moi d'imiter Leslie.

– Ouah, c'est pas simple, dis-je.

– Tu m'étonnes, répond Leslie en soufflant sur ses doigts pour craner.

Ça y est, je l'ai !

Je me lève et mets à sauter partout en criant à tue-tête :

– Est-ce que quelqu'un a vu mon téléphooonnne ? S'il vous plaîîît ? Je peux pas vivre sans luiiiii !

– C'est pas moi, dit Leslie les sourcils levés. Etant donnée ma riche personnalité, tu aurais pu trouver mieux comme imitation ! s'indigne-t-elle tandis que je me rassieds.

- Non, c'est parfait, se moque Max, allez ! à Marie d'imiter Amy !

Tout en réfléchissant, Marie se triture les doigts en silence tout en regardant le sol.

Puis, elle attrape une mèche de cheveux qu'elle lisse entre ses doigts.

Oh, non ! C'est tout à fait moi, la fille timide ! J'ai l'impression de me voir !

Marie lève alors les yeux vers Leslie et moi. Et tout en nous regardant par en dessous, avec un air de chien battu, elle dit :

– Je sais pas quoi faire. Vous croyez que Thibaut pense à moi ?

– Oh ! c'est faux ! m'indigné-je, Leslie ! Dis quelque chose s'il te plaît !

– Bien sûr ma chérie… s'apitoie Leslie, Marie a raison ! Tu dis tout le temps ça !

– Les balances ! dis-je en riant, le visage caché derrière mes mains.

– Bravo les filles, applausit Max, désolé si on a déclenché une embrouille entre vous !

– Non, on est pas désolé du tout, rétorque Thibaut en me regardant.

Le calme revient petit à petit et comme Marie, Leslie et Max sont partis à discuter entre eux, Thibaut vient s'asseoir enfin à côté de moi.

Je ne cesse de lui sourire car je devine ce qui va se passer.

– Sympa cette soirée…des révélations…dit-il tout bas.

– Je sais pas, dis-je en me recroquevillant.

– Pourquoi ?

– C'est difficile de savoir ce que tu penses.

– Ah oui ? Je devrai te le dire ?

– Oui, comme ça je serai fixée, dis-je en risquant un regard.

Tout en posant sa main sur ma joue, il m'attire à lui et m'embrasse dans l'obscurité. Je passe alors ma main derrière sa tête et réponds à son baiser.

Les trois autres se mettent soudain à nous huer. Thibaut bat l'air avec son bras pour leur intimer de se taire tout en m'embrassant, puis il se recule.

– Comme ça c'est clair ?

– Oui, plutôt, dis-je en l'embrassant de nouveau.

Quand nous sentons le froid de la nuit tomber sur nous, nous décidons de rentrer à la maison et de prolonger la soirée dans la véranda.

Nous nous serrons tous les cinq sur la vieille banquette aux motifs fleuris disposée contre l'une des parois en verre.

Vêtue du sweat XL à capuche de Thibaut, je bascule la tête en arrière sur le dossier pour admirer les étoiles à travers le plafond transparent de la véranda.

Les quatre autres m'imitent et contemplent le ciel étoilé.

– C'est laquelle la grande ourse ? demande Max.

– Aucune idée, dis-je en me tournant en sa direction.

Je remarque alors que Leslie est lovée contre lui. Je regarde Marie avec complicité et d'un seul corps, nous nous levons de la banquette.

Je prends Thibaut par la main et l'entraîne avec Marie sur mes pas pour aller au salon et laisser Max et Leslie seuls un moment.

Il est tard maintenant.

Nous somnolons tous les trois devant la télé devant un programme sans queue ni tête, quand Thibaut va chercher Max dans la véranda pour rentrer.

En disant au revoir aux garçons, je vois Leslie se pendre au cou de Max et l'embrasser tendrement.

Je suis contente que le tête-à-tête que nous avons aménagé avec Marie ait visiblement porté ses fruits.

Nous allons ensuite nous coucher toutes les trois dans mon lit et tout en m'endormant, je savoure l'instant présent, mes nouvelles amitiés et mon histoire naissante avec Thibaut.

Puis, je ne tarde pas à trouver le sommeil.

Le lendemain matin, il me semble que nous nous réveillons toutes les trois en même temps.

Je suis fatiguée de m'être couchée aussi tard et j'ai un peu mal à la tête. Je n'arrête pas de bailler et de m'étirer comme un chat en pensant aux évènements de la veille et je suis vraiment contente de tout ce qui m'arrive.

Nous restons au lit sans parler pendant un bon moment quand Leslie rompt le silence :

– Ça va Marie ? T'as pas eu l'impression de tenir la chandelle hier soir ?

– Non, ça va. Mais si vous aviez passé la soirée collées à vos mecs, je serai partie me coucher ! répond-elle faussement fâchée.

– C'est à ton tour de te trouver quelqu'un Marie ! dis-je.

– Ouais, c'est vrai, ajoute Leslie. On va te trouver un copain.

– Bof. Personne ne m'intéresse en ce moment, répond Marie.

C'est drôle, elle intéresse pas mal de garçons et a même l'embarras du choix mais elle ne semble pas leur prêter spécialement attention.

– C'est quoi ton type de mecs ? je demande.

– Bof, je sais pas trop en fait.

Puis, Marie saisit son téléphone qu'elle a laissé par terre à côté du lit et s'amuse à prendre plusieurs photos de nous trois.

Nos têtes côte à côte sur le même oreiller, nos cheveux mêlés les uns aux autres, nous nous amusons à faire des grimaces en tout genre puis, nous visualisons les photos en riant.

Nous décidons finalement de passer la journée au ralenti, à lézarder dans ma chambre.

J'ai juste été chercher trois jus de fruits à la cuisine qui feront office de petit-déjeuner et que nous buvons par petites gorgées.

Après cela, debout devant mon miroir, je scrute mon corps sous tous les angles et quand je soulève mon t-shirt, je suis contente de constater que mes côtes sont désormais saillantes sous la peau comme Marie et Leslie.

Je suis fière de mes efforts et du résultat ainsi obtenu. Il a simplement suffi que, comme elles deux, je saute quelques repas par ci par là pour perdre du poids.

– T'es bien comme ça, complimente Leslie.

– Hé, regardez ! dis-je en faisant largement le tour de mon poignet entre le pouce et l'index.

Leslie acquiesce d'un hochement de tête alors que Marie prend un air grave.

– Je ne me suis jamais sentie aussi bien, dis-je pour devancer une éventuelle remarque de sa part.

– C'est un leurre, dit Marie.

– Comment ça ?

– Quand tu te prives, tu produis plus d'endorphines qui te donnent l'impression que tu es bien, je connais ça.

– Oh, arrête Marie ! s'exclame Leslie. Regarde-moi, je vais très bien ! Et toi aussi d'ailleurs !

– Je veux juste qu'elle fasse attention ! ajoute Marie, je trouve qu'elle va trop loin en ce moment, c'est tout ! Et puis, une fois qu'on a mis le doigt dans l'engrenage, c'est un jeu dangereux !

– Pfff, tu parles comme ma mère ! l'interrompt Leslie.

Pour mettre fin à la dispute et alors que j'ai nullement l'intention d'abandonner mes nouvelles habitudes alimentaires, je dis à Marie :

- Je ferai gaffe, t'inquiète pas, je sais ce que je fais.

8

Désormais, je me lève plus tôt le matin pour aller en cours. Je prends le temps de choisir mes vêtements et de me faire un maquillage assorti. Je ne sors plus non plus sans vernis aux ongles et sans bijoux.

Plus question de me lever au dernier moment et de sauter dans le premier jean venu. Je prends davantage soin de moi. C'est devenu important, je veux continuer à plaire à Thibaut.

– T'es trop maquillée ! braille Elo de bon matin alors que j'entre dans la cuisine.

Je ne réponds pas et je continue à siroter mon jus de fruits, appuyée au plan de travail, comme si elle n'était pas là.

– Laisse-la tranquille, intervient Maman.

– On dirait la copie conforme de ses deux débiles de copines ! s'exclame Elo. Elles se font crever la dalle elles aussi ?

– Parce que tes copines sont plus intelligentes ? demande Maman.

– Y a pas de doute là-dessus, grogne Elo.

– Bah voyons ! rit Maman.

Je reste silencieuse en les observant toutes les deux et souris à Maman : et toc ! Bien fait pour Elo !

Je pose mon verre dans l'évier et, comme tous les matins maintenant, je me dépêche de prendre ma besace et de mettre mes chaussures pour ne pas rater le prochain bus.

Celui-ci me permettra d'arriver largement avant le début des cours et de passer un peu de temps avec Thibaut.

Depuis le haut de la rue, j'aperçois Thibaut qui est arrivé au collège avant moi comme d'habitude. Il me remarque et me fait signe un signe de la main. J'accélère alors le pas pour le rejoindre rapidement et une fois face à lui, je lui saute dans les bras en l'entourant avec mes jambes. C'est notre truc à nous, notre façon de se dire bonjour.

L'enthousiasme des débuts est intact alors que nous sortons ensemble déjà depuis plusieurs semaines maintenant.

Leslie et Max se portent bien aussi même si nous les voyons un peu moins en dehors du collège ces derniers temps. D'ailleurs, ils nous rejoignent bientôt main dans la main suivis de Marie.

Elle est toujours célibataire mais le fait d'être la seule du groupe ne semble pas la déranger.

Samedi soir, nous allons voir le match de basket de Max et Thibaut, ce sera l'occasion de se faire une sortie tous les cinq après.

Pendant que nous discutons, j'aperçois Emma appuyée sur le grillage, seule, les écouteurs sur les oreilles et les yeux rivés sur son téléphone.

Elle ne me regarde plus de travers, ne cherche plus l'embrouille et ne vient même plus jouer au basket avec les garçons le mercredi.

Elle me ferait presque de la peine mais elle a eu tort de se comporter comme cela parce que maintenant, elle se retrouve toute seule.

Je la vois parfois traîner avec un groupe de filles de sa classe avec qui elle déjeune le midi mais j'ai le sentiment qu'elle ne s'est pas fait de véritables amis cette année.

Alors que je circule dans le collège avec les filles, j'ai l'impression de marcher sur un nuage, j'ai l'impression que chacun de mes pas s'enfoncent dans le sol comme s'il était mou.

J'ai une certaine langueur dans mes mouvements et dans mes pensées qui ne me déplaît pas.

C'est à cause de mon régime alimentaire pauvre qui me plonge jour après jour dans cet état de défonce permanente à laquelle je suis devenue accro.

Je fonctionne au ralenti au point d'en avoir perdu la notion du temps : les journées de cours passent vite et cela me convient très bien.

Je ne me prends plus la tête pour quoi que ce soit.

Rien ne me contrarie, tout me passe par-dessus la tête, y compris mes fantômes et mes angoisses qui ont disparu.

Je ne me suis jamais sentie aussi bien.

L'autre jour, Leslie a fait un court-circuit en cours de techno et j'étais morte de rire en voyant sa mine défaite. Je n'ai même pas essayé de masquer mon rire par respect pour la prof comme je le faisais avant.

J'ai carrément éclaté de rire avec Leslie ce qui a mis la prof hors d'elle :

– Vous êtes saoules ou quoi ?

Plutôt que de nous mettre mal à l'aise, sa remarque a eu pour effet de nous faire rire davantage.

Du coup, elle nous a envoyé directement dans le bureau du proviseur.

C'est la première fois que ça m'arrive. Avant je n'étais jamais convoqué, encore moins virée de cours.

Auparavant, j'aurai été morte de trouille devant le proviseur mais là, je m'en foutais, je m'en foutais complètement.

Aussi, ce trimestre, nous sommes censés faire de l'endurance en sport et j'ai horreur de ça.

Les autres années, je me forçais à courir avec les autres. J'étais fatiguée au bout de cinq minutes et courait en traînant de la patte, à la vitesse d'un escargot jusqu'au coup de sifflet du prof.

Mais aujourd'hui c'est terminé. Il n'est pas question que je cours sans but comme un âne bâté et que je sente la transpiration jusqu'à la fin de la journée.

C'est pourquoi nous avons trouvé une combine avec Marie et Leslie pour réchapper au vingt minutes d'endurance obligatoire.

Au centre de la piste de course se trouve un tapis extrêmement épais qui sert à la réception au saut en longueur et dès que la prof a le dos tourné, nous nous planquons derrière, à l'opposé d'elle, pour papoter.

Nous surveillons de temps à autre l'heure sur nos montres et reprenons la course juste avant la fin en prenant garde que la prof regarde ailleurs à ce moment-là.

Nous n'avons alors plus qu'une minute ou deux à courir tranquillement et lorsque la prof donne le coup de sifflet, nous rejoignons les autres à la ligne de départ.

Avec les filles, les mains sur les hanches, nous faisons semblant d'être essoufflées.

Et puis l'autre jour, Leslie en a même rajouté en se pliant en deux en avant, les mains posés sur les genoux en soufflant comme une dingue.

Nous avons alors cessé notre manège avec Marie et avons éclaté de rire en la montrant du doigt.

Leslie, à fond dans son rôle, s'est alors plaint à la prof d'un point de côté qui nous a de nouveau déclenché un fou rire tandis que les autres élèves nous regardaient avec des yeux ronds, ne comprenant pas ce qu'il se passait.

Même si la prof a compris notre jeu, elle est bien trop gentille pour nous dire quoi que ce soit.

L'autre jour, alors que le trimestre arrivait à sa fin, elle est même venue nous voir en sortant du vestiaire pour nous dire qu'elle nous mettrait un onze pour ne pas plomber notre moyenne mais qu'elle n'était pas dupe.

Aujourd'hui, je plane plus que d'habitude mais je suis bien.

Ce matin, je me suis efforcée de noter tous mes cours soigneusement mais cet après-midi, j'ai jeté l'éponge en me disant que je récupèrerai les notes de Marie ou de Leslie.

Je fais en sorte de me concentrer pour écouter mais je passe mon temps à bailler et à bavarder avec Leslie.

Le dernier cours de la journée est intenable même si c'est de l'anglais et que c'est ma matière préférée.

J'appuie ma tête de tout son poids sur ma main et mon coude n'a de cesse de glisser sur ma table quand je ferme les yeux.

Sentant tout à coup mon bras se dérober, je sursaute et reprends ma position initiale.

Agacée par mon attitude, la prof que je n'ai pas entendu s'approcher me crie dessus soudainement.

– Are you sleeping Kate ?

– Yes I am, dis-je sur un ton arrogant.

L'ensemble de la classe tournée vers moi se met à rire de ma remarque.

La prof, elle, probablement vexée, soupire bruyamment et retourne à son bureau pour finir le cours.

Je remarque alors Thibaut et Max qui me regarde en riant et en secouant la tête d'un air faussement réprobateur.

Je n'attends qu'une chose c'est que la cloche sonne pour partir d'ici avec Thibaut et aller chez lui comme tous les soirs.

Quand enfin je l'entends retentir, je range mes affaires à la va-vite sans marquer mes devoirs et le rejoins à sa place alors qu'il a tout juste commencé à ranger les siennes.

Je rejoins la sortie le cœur léger avec Thibaut qui a passé son bras autour de mon cou :

– C'était bien la sieste ?

– Oh, laisse tomber, j'en avais marre aujourd'hui !

– Oui, j'ai vu ça ! répond-il en m'embrassant sur le front.

Lorsque nous passons le portail, nous tombons nez à nez avec Axel, le gars de la soirée avec qui j'ai eu quelques échanges lascifs.

Je m'apprête à tourner immédiatement quand Thibaut m'entraîne droit devant lui :

– Salut Axel, ça va ?

– Salut, répond-il.

– Salut, dis-je à mon tour à voix basse, ébahie.

– C'est bon pour toi Samedi ? demande Thibaut.

– Ouais comme je t'ai dit, répond Axel, y a pas de problèmes ! A samedi alors ! ajoute-t-il en se dirigeant vers un autre groupe. Puis à mon attention :

– Salut !

– Salut, dis-je stupéfaite.

Marie m'a dit qu'Axel était au lycée qui est un peu plus loin mais je ne l'avais pas croisé jusqu'ici.

Sauf l'autre jour, je suis à peu près sûre que c'était lui le gars à la casquette rouge qui attendait.

Tandis que nous marchons, je demande à Thibaut :

– Y a quoi Samedi ?

– En fait, Axel sera là au match de basket. Il remplace un gars qui a arrêté. Il fait partie de l'équipe maintenant.

– Ah ok, dis-je sur un ton maîtrisé.

Je suis gênée qu'il soit là au match de Samedi mais à le voir tout à l'heure, il semble avoir aucune sorte d'animosité envers moi.

Quand nous arrivons chez Thibaut, sa mère est là. Elle est sympa avec moi, me parle gentiment et me regarde avec bienveillance.

 Je suis flattée qu'elle m'ait ouvert grand sa porte et qu'elle m'ait acceptée. Elle prend parfois le temps de discuter avec moi et je crois qu'elle s'intéresse vraiment à ce que je raconte.

Elle vit seule avec Thibaut, son unique enfant, dans un petit appartement à côté du collège où il n'y a qu'une chambre : j'imagine qu'elle doit probablement dormir sur le canapé du salon.

Elle est couturière et travaille chez elle. Elle fait des retouches pour les gens du quartier et fabrique des tuniques pour femmes qu'elle vend sur internet.

La table de son salon est monopolisée par son imposante machine à couture, des coupures de tissus et des bobines de fil de toutes les couleurs.

J'aime bien la regarder travailler de temps en temps. Voir avec quelle dextérité ses petites mains manipulent à toute vitesses les morceaux de tissus sous l'aiguille.

Elle m'a même dit qu'elle me ferait une tunique un jour si j'en ai envie.

Je me doute qu'elle n'a pas de gros moyens vu l'appartement dans lequel elle vit mais elle semble comblée par son métier.

Parfois, sa mère nous demande d'aller faire une course pour elle dans le coin et Thibaut ne rechigne jamais, il semble dévoué envers sa mère.

Finalement, tous les deux ont une vie plutôt modeste mais dans laquelle ils ont trouvé un équilibre malgré tout.

Thibaut et moi allons regarder la télé, vautrés sur son lit comme nous le faisons le plus souvent.

Entourée de ses bras, il me dit qu'il redoute déjà les grandes vacances parce que je m'en vais trois semaines et que lui, restera tout seul ici à s'ennuyer.

Je me moque de lui quand il me dit qu'il a peur que je rencontre un autre garçon sur la plage : moins intelligent mais avec de plus gros muscles comme il dit.

Je laisse passer quelques minutes et lui réponds que j'aimerai l'emmener avec moi, qu'il va me manquer aussi quand je m'aperçois qu'il s'est endormi.

Je scrute son doux visage et je ne peux m'empêcher de sourire tant il me remplit de bonheur.

Je passe mon doigt sur ses sourcils et le long de sa mâchoire.

– Laisse-moi dormir, dit-il sans ouvrir les yeux.

– Tu vas rater l'entraînement de basket, Thibaut.

– Mmm, j'ai la flemme, grogne-t-il.

– Tu dois te changer sinon tu vas être en retard, insisté-je.

– Fais-le, dit-il en levant les bras au plafond.

A genoux sur le lit, je soulève son t-shirt et découvre son ventre. Il soulève alors les épaules tout en restant allongé pour que je puisse lui enlever entièrement.

Puis, au lieu d'aller chercher son maillot, il me soulève aisément et m'assied à califourchon sur son ventre.

– C'est pas sérieux ça, dis-je ne plongeant sur lui pour l'embrasser.

Ses mains me tenant les cheveux en arrière, je butine ses lèvres doucement puis je plaque ma bouche contre la sienne pour y introduire ma langue.

Je sens la sienne, chaude, contre la mienne et la titille langoureusement lorsque tout à coup, sa bouche se fait plus pressante contre la mienne.

Il me bascule alors sur le dos et s'allonge sur moi et je peux sentir une chaleur soudaine émaner de son corps. Il m'impose maintenant un baiser vigoureux que j'apprécie par sa force.

Puis, tout en tenant son visage au-dessus du mien et en me regardant dans les yeux, il me murmure qu'il m'aime.

Quand je lui réponds que je l'aime aussi, il fond sur mon cou qu'il embrasse puis en glissant ses mains sous mon dos, il détache mon soutien-gorge.

Il avance ensuite ses mains sur mon ventre lentement jusqu'à atteindre mes seins qu'il effleure aves les paumes de ses mains tout en m'embrassant un moment.

Puis, il se redresse pour me faire face.

Je peux lire sur son visage un plaisir certain et il me semble que le mien ne lui échappe pas non plus.

Nous en restons là et après une séparation particulièrement difficile aujourd'hui, nous quittons l'appartement et partons chacun de notre côté.

C'est toujours difficile de rentrer chez moi mais je m'efforce de ne pas dépasser 19h comme Maman me l'a demandé.

Je passe alors mes soirées dans ma chambre, loin de Maman et Elo, en prétextant que j'ai déjà dîné et qu'il me reste des devoirs à faire.

En fait, le plus souvent je préfère discuter avec le groupe plutôt que d'assister à leurs prises de bec ou à leurs conversations codées sur des sujets qu'elles ne veulent pas partager avec moi.

J'en ai pris mon parti et ne cherche plus à savoir ce qui se passe même si on me reproche de ne jamais être là et de consacrer tout mon temps à mes amis.

Le soir, j'ai du mal à décrocher des conversations avec eux. Du coup, quand je commence à faire mes devoirs, il est déjà bien tard. Alors la plupart du temps, je ne les finis pas, ce qui ne m'empêche pas d'avoir des notes potables pour le moment.

Autant que possible, je passe du temps avec Marie dont je suis plus proche que Leslie même si je les adore toutes les deux.

Certains jours, nous nous enfermons dans ma chambre pour nous confier des choses dont nous n'oserions pas parler devant Leslie même si elle est notre amie.

Un jour, je lui parle enfin de mes parents.

Elle me rassure en me disant que Maman a probablement fait une erreur de jeunesse en me délaissant mais que je compte forcément pour elle sinon elle ne se serait pas battue pour me récupérer.

Cette histoire est encore douloureuse pour moi mais Marie ne me juge pas quand je pleure.

Et quand je m'en excuse, elle me dit qu'il ne faut pas, que c'est normal de pleurer quand on a du chagrin.

Je me sens bien avec elle parce qu'elle m'écoute et me prodigue des conseils.

Rien que sa façon de me regarder quand je lui parle, son regard profond, me rappelle que j'ai de la valeur.

Et quand elle me sert dans ses bras, mon cœur décolle.

L'autre jour, nous nous sommes réfugiées chez moi parce que cette fois-ci c'est Marie qui n'avait pas le moral et qui avait besoin de parler.

Comme il n'y avait personne à la maison, j'ai fait couler un bain pour nous deux, avec plein de mousse pour lui faire plaisir.

Assises l'une en face de l'autre dans la baignoire, elle s'est confiée à son tour en me montrant un visage triste que je ne lui connaissais pas.

Elle m'a dit qu'elle se sentait seule parfois elle aussi.

Ses parents s'absentent souvent et ne semblent pas s'intéresser à elle plus que ça malgré tous les cadeaux qu'ils lui font.

Elle m'a aussi parlé pour la première fois de son grand frère qui a quitté la maison et qui lui manque. Il s'occupait beaucoup d'elle avant et quand il est parti, elle a ressenti un grand vide.

Il s'est apparemment fâché avec ses parents au sujet de ses études et de sa petite amie.

Ceux-ci considéraient qu'il n'avait pas suffisamment d'ambition pour son avenir professionnelle et que la fille qu'il avait choisie comme fiancée ne le méritait pas.

Et puis, une fois ses études terminées, il aurait trouvé un travail dans une autre région et serait parti avec sa fiancée sans donner de nouvelles.

Apparemment, ils se seraient mariés tous les deux sans en faire part aux parents de Marie.

C'est en discutant avec un ancien camarade de classe que les parents auraient appris leur union et dans un excès de colère, le père aurait décidé de rayer son fils de sa vie.

J'étais loin de m'imaginer que Marie puisse avoir des problèmes ou même se sentir seule, elle cache tout cela si bien.

Nous nous prenons alors dans les bras et pleurons ensemble un moment, puis nous nous promettons de nous serrer les coudes toutes les deux et de toujours être présente l'une pour l'autre quand soudain la porte s'entrouvre : c'est Maman.

Je vois juste une partie de son visage par l'entrebâillement :

– Tu parles avec qui Amy ?

– Avec Marie.

– Ah ok, je vous laisse. A tout à l'heure, répond-elle en s'effaçant.

Le samedi suivant, nous nous rendons au gymnase pour assister au match de basket de Thibaut et Max.

Pendant la rencontre, nous sautons à pieds joints dans les gradins sans discontinuer car l'équipe des garçons mène depuis le début du match.

Leslie fait retentir pour la énième fois la corne de brume qu'elle a acheté dans un farces et attrapes avant de venir sans prêter attention au monsieur assis à côté d'elle et qui ne cesse de la regarder fâché, probablement exaspéré par tout le bruit qu'elle fait à elle seule.

Quand le match est terminé et que les garçons ont gagné, nous sommes toutes les trois hystériques.

Alors que Marie est restée dans les tribunes, Leslie et moi descendons sur le terrain et sautons au cou de nos chéris trempés de sueur.

Tandis que Thibaut me soulève du sol pour me porter dans ses bras, je m'aperçois qu'Axel, non loin de là, nous observe.

Je risque un signe de la main en sa direction auquel il répond avec un sourire bienveillant.

Puis, comme prévu, les filles et moi-même attendons les garçons dehors, en groupies que nous sommes, pour aller ensuite au fast-food du coin fêter la victoire.

Alors que nous discutons tranquillement, appuyées à une des voitures garées de ce côté-ci du gymnase, la porte en métal servant à la sortie des joueurs claque violemment contre le mur sous l'impulsion d'un joueur qui vient de tomber lamentablement sur le dos juste devant nous.

Avant même qu'il ait le temps de se relever, Max sort à son tour, l'attrape par le col et lui fiche une droite pesante. Heureusement, Thibaut arrive à ce moment pour le ceinturer et le faire reculer.

Le garçon, sonné, se tient la joue et se relève pour en découdre mais bientôt les autres joueurs affluent à leur tour pour s'interposer.

Après que quelques coups et injures aient été échangés, les deux groupes finissent par se séparer à l'approche des entraîneurs respectifs des deux équipes rivales.

Alors que nous quittons les lieux, je ne peux m'empêcher de fixer Max que je ne reconnais pas.

Ses yeux sont encore plus noirs que d'habitude et je peux lire une immense colère sur son visage à tel point que même Leslie reste à distance tout au long du trajet.

Thibaut, lui, marche devant, à côté de Marie.

Il a passé son bras autour de son cou et lui dit quelques mots à voix basse que je ne perçois pas et ne semble pas avoir remarqué que je ne suis pas rassurée.

A table, le silence est pesant.

Max, qui est le plus souvent moteur dans nos soirées, ne décroche pas un mot et ne jette même pas un regard à Leslie tandis qu'il mange.

Nous échangeons quelques mots entre nous mais nous manquons tous d'entrain après ce qui vient de se produire.

En sortant du restaurant, je prétexte que je suis fatiguée pour rentrer puisqu'il n'y a rien à tirer de cette soirée de toute manière.

A ma surprise, Thibaut ne me suit pas chez moi mais raccompagne plutôt Marie qui est soi-disant bouleversée.

Il me fait un baiser rapide sur la bouche et part avec elle.

Max et Leslie me disent au revoir à leur tour puis, je prends le chemin de la maison.

Je passe le reste de la soirée dans ma chambre à fulminer contre Max et Marie tout en guettant un message de Thibaut, mais rien.

Vers minuit, je commence à en écrire un pour obtenir des nouvelles de sa part, puis arrivée au milieu du message, dans un excès de fierté, je me ravise et fais marche arrière en effaçant le tout.

En me réveillant le lendemain matin, la première chose que je fais est de consulter mon smartphone pour voir si j'ai enfin reçu un message de sa part. Toujours rien.

Je passe alors ma journée prostrée devant la télé à attendre de ses nouvelles qui ne viendront pas.

Maman m'a mis de côté une part de lasagnes pour mon déjeuner que je n'ai pas l'intention de manger pour compenser le fast-food de la veille.

Dans l'après-midi, Elo et elle me proposent de sortir en ville et d'aller boire un thé quelque part mais je refuse en prétextant que ça ne me branche pas.

Quelques minutes après leur départ, on frappe à la porte.

Je me précipite alors dans l'entrée, le cœur battant, pensant que c'est Thibaut.

J'ouvre la porte et tombe nez à nez avec Max qui est venu seul :

– Je peux te parler ?

– Oui, bien sûr, dis-je en m'écartant du passage.

Il me suit jusqu'au canapé du salon où nous prenons place tous les deux.

– Je voulais m'excuser pour hier soir, commence-t-il.

– Ah, ok, dis-je sans rien ajouter.

– C'est que, reprend-t-il, ça ne va pas fort avec Leslie en ce moment et je crois que ça a débordé tu vois ?

– Qu'est-ce qui se passe avec Leslie ?

– Bah, elle est plutôt envahissante et on se prend souvent la tête.

– Ah bon ? dis-je, étonnée. On dirait un parfait petit couple pourtant.

– Pas tant que ça, on s'engueule souvent depuis quelque temps. Elle est assez capricieuse en fait et ça me prend la tête.

– Vous allez casser ?

– Ouais, je crois. Je sais pas trop, dit-il en se grattant la tête. Mais si je suis venu ici, c'était pour m'excuser. Tu es mon amie et je veux pas que tu penses que je suis un connard.

– Mais je pense pas que t'es un connard. Ça m'a juste surpris de te voir aussi...violent, ajoutè-je.

– Ça ne se reproduira plus, dit-il en posant sa main sur la mienne. Ok ?

– Ok, dis-je, gênée par son geste.

Puis, tout en consultant son téléphone, il ajoute :

– Faut que j'y aille, c'est Leslie qui me demande où je suis. Tu lui répèteras pas ce que je t'ai dit hein ? demande-t-il en se levant.

– Non, t'inquiète pas. Je dirai rien.

Je le raccompagne alors dans l'entrée.

Il se tourne vers moi pour me faire la bise avant de partir et quand il s'en va, je suis perturbée par la façon dont il m'a embrassé en se rapprochant d'aussi près, en appuyant chaque baiser et en me tenant aussi fermement par l'épaule.

Mais on est assez proche tous les deux alors peut-être que je me trompe : Max est juste un ami venu se confier.

Le reste de la journée, je pense à Thibaut, qui visiblement ne pense pas à moi, et au changement d'attitude soudain de Max.

Mon premier réflexe en temps normal aurait été d'en parler à Marie mais vu sa position, il vaut peut-être mieux que je sois désormais plus méfiante vis-à-vis d'elle.

Quand nous discutions des garçons toutes les trois après les cours, je me rappelle qu'elle m'a dit être proche de Thibaut, qu'elle le connaissait par cœur même.

Si ça se trouve, ils sont sortis ensemble auparavant. Cela paraît logique, d'autant que cela expliquerait la jalousie d'Emma.

Ce que je trouve bizarre, c'est que Marie semble s'intéresser à aucun garçon et se complaire dans son célibat, comme si elle attendait.

Elle l'attend lui ?

Je me demande soudain si elle n'aime pas Thibaut en secret finalement.

Je sens alors une crainte monter en moi : et si c'était réciproque ?

Puis, je balaye rapidement cette hypothèse de mon esprit car un élément me revient en mémoire.

Un élément qui me rassurera définitivement sur les intentions de Thibaut : il n'a jamais montré aucun signe d'affection envers Marie jusqu'à hier soir, après la bagarre. D'ailleurs, il ne me parle jamais d'elle, à aucun moment, comme si elle n'existait pas.

9

Ce matin, je ne parviens pas à ouvrir les yeux alors que le réveil a déjà sonné depuis un bon moment.

Il faut pourtant que je me lève et que j'aille en cours mais la migraine qui me tient depuis quelques jours semble aller crescendo.

Je ressens une forte douleur dans les tempes et quand j'essaie de me tourner sur le côté, la raideur des muscles de mon cou me rattrape.

Cela fait des jours que ce mal de tête ne me quitte plus. Je me couche le soir avec, en espérant qu'il aura disparu le lendemain matin, mais il est toujours là, toujours plus fort.

J'ai aussi en permanence des courbatures un peu partout qui me freinent dans mes mouvements et entament mon agilité.

J'ouvre finalement les yeux et approche ma main pour mieux en observer la paume. Lorsque je plie mes doigts, je sens que les jointures de mes doigts sont ankylosées et me font mal également.

Je ne vais pas très bien.

Mon organisme n'apprécie pas les privations de ces derniers mois et il me le fait savoir.

J'ai mal dormi cette nuit : je me suis réveillée plusieurs fois au bord du malaise avec de fortes nausées.

Puis, à chaque fois que je me suis rendormie, il me semblait moins entendre les battements de mon cœur.

J'ai alors fait de nombreux cauchemars dans lesquels je ne me réveillais plus et sombrait peu à peu dans le coma.

Je m'assieds au bord du lit, puis je saisis les deux biscuits secs posés sur ma table de chevet et les grignote par morceaux microscopiques avant de me lever.

Je les avais déposés là il y a trois ou quatre jours quand j'ai commencé à me sentir mal mais je suis passée devant eux tout ce temps, repoussant ainsi l'échéance où je n'aurai plus d'autres choix que de les ingérer.

Une fois mon petit déjeuner frugal terminé, je me mets debout.

Je dois faire un 2ème tour avec l'élastique de mon pantalon de pyjama si je ne veux pas qu'il tombe sur mes chevilles et même avec ça, il tient tout juste sur les os saillants de mes hanches.

Dans la douche, je ne fais pas de mouvements brusques de peur de tomber à la renverse. J'évite aussi de me baisser parce qu'à chaque fois, je suis prise d'un vertige qui me donne l'impression d'être happée par le sol.

Une fois habillée, je m'assieds à même le sol devant le miroir. Je cache juste les creux sous mes yeux avec un peu de maquillage et accroche le joli papillon bleu dans mes cheveux.

En partant au collège, Maman m'a donné un croissant pour que je mange sur le trajet et à peine sortie dans la rue, je me suis empressée de le balancer dans la première poubelle venue.

Pendant tout le trajet, je pense à Thibaut dont je n'ai pas eu de nouvelles depuis samedi soir.

J'imagine alors une scène où je lui dis mes quatre vérités et où je pars en cours la tête haute après lui avoir annoncé que j'ai besoin d'un break pour réfléchir.

Je suis remontée à bloc contre lui jusqu'à ce que je me retrouve devant lui, qu'il m'accueille avec son sourire charmeur et me serre dans ses bras à m'en étouffer.

Lorsqu'il appose un baiser tendre sur mes lèvres, la colère a disparu et je me dis même que je suis bête de m'être fait des films.

Ce midi, comme toujours maintenant, les filles et moi sommes allés nous réfugier aux toilettes plutôt que d'aller prendre notre repas à la cantine.

Quand la faim se fait trop forte comme aujourd'hui, nous buvons un maximum d'eau pour se remplir l'estomac.

– Beurk, ça passe pas aujourd'hui, dit Leslie avec une mine dégoûtée.

Elle me tend alors la bouteille d'eau qu'elle a apportée avec elle dans son sac de cours.

J'en bois quelques gorgées qui me laisse un goût rance dans la bouche.

– Faut que je mange ce midi, dis-je, sinon je tiendrai pas.

Les filles acquiescent sans discuter, alors nous nous dirigeons toutes les trois vers la cantine en traînant de la patte.

Tandis que je remonte le couloir principal, je croise d'autres élèves qui marchent en sens inverse et, il me semble, au ralenti.

Alors qu'ils me disent salut, je réponds avec un sourire et un vague signe de la main.

Il m'est impossible de distinguer un mot des conversations qui m'entourent tant mes oreilles bourdonnent.

J'apprécie cet état de quasi léthargie et de plénitude dans lequel les privations me plongent, excepté aujourd'hui où il faut que je calme un peu cette faim pour pouvoir de nouveau en profiter après.

Nous atteignons la file d'attente de la cantine et commençons à doubler comme nous en avons l'habitude quand soudain la fille au pull moche, Camille, me barre la route avec son bras.

– Reste derrière ! crie-t-elle, y a pas de raison que tu passes devant ! T'es pas la reine !

Les élèves nous regardent bouche bée.

Comme je n'ai pas assez de force pour la pousser, je me contente de lui rabattre sa capuche sur la tête en riant.

Elle l'enlève brutalement et me lance un regard noir.

Nous nous fixons un moment puis elle finit par détourner le regard.

– Je la déteste ! dis-je aux filles.

Je sens la colère monter mais je décide d'en rester là.

Je la choperai quand je serai en forme.

La faim se fait de plus en plus sentir à mesure que j'approche du self.

C'est comme les dernières minutes avant la fin d'un cours, ce sont toujours les plus longues.

Soudain, alors que Camille s'apprête à quitter la file avec son plateau chargé entre les mains, Marie lui bondit dessus.

Elle la pousse violemment en avant et Camille s'étale à plat ventre par terre, la tête à deux doigts de plonger dans son assiette.

Ni une ni deux, Marie m'attrape le bras et me fait faire demi-tour :

– Grouille toi ! On se casse !

Nous empruntons le couloir en sens inverse au pas de course.

Au détour d'un virage, nous ralentissons l'allure pour avoir l'air de rien devant deux pions qui passent, puis nous nous mettons à courir.

Le portail du collège est grand ouvert devant nous. Plus que quelques mètres et nous sommes dehors, sorties d'affaire.

Je m'aperçois que Leslie n'a pas suivi. Nous l'attendons devant le collège, un peu à l'écart, quand elle apparaît soudain.

– Mais qu'est-ce que tu fous ? crie Marie.

– J'arrive ! J'arrive ! répond Leslie essoufflée.

Nous rejoignons ensuite le banc à côté du terrain de basket.

Je demande aux filles de me laisser la place pour m'allonger. Je prends alors place, le bras rabattu sur mes yeux.

Des gouttes de sueur coulent sur mon visage et j'ai la tête qui tourne à cause de cet ultime effort.

Il me semble que l'étourdissement m'a endormie quelques minutes quand Leslie brandit un paquet de gâteaux et une canette de soda sous mon nez en criant :

– Tiens, j'ai pris ça chez l'épicier du coin !

Je manque alors de tomber du banc en sursautant.

– Ah, désolée ! tu dormais !

Je fais un hochement de tête et me rassieds doucement.

Je me frotte le visage avec les mains pour me réveiller car je suis ensuquée.

– Ça va Amy ? demande Marie, sa main sur mon épaule.

Je lève les yeux vers elle mais les rayons du soleil m'empêchent de la voir vraiment, même en me barrant le front avec la main.

– Ouais, ça va, dis-je enfin, la voix subitement enrouée.

Puis, nous pique-niquons toutes les trois en silence tellement nous avons les crocs.

Et quand notre faim est apaisée, Marie se tourne vers Leslie et lui demande :

– Mais qu'est-ce que t'as foutu tout à l'heure ?

– J'ai filmé l'autre conne étalée par terre ! réplique Leslie, tout sourire.

– T'es folle ! T'aurai pu te faire attraper ! m'exclamé-je.

– Ouais mais ça vaut le coup, répond Leslie en affichant un sourire de satisfaction. J'ai posté la vidéo il y a tout juste un quart d'heure et j'ai déjà 50 vues !

– T'as pas fait ça ? dis-je mollement.

– Attend, Amy, tu la détestes cette fille ! C'est quoi le problème ?

– Peut-être que je l'aime pas mais c'est pas une raison, t'es complètement folle !

– Oh, t'es pas drôle, répond-elle, boudeuse.

– Supprime-la, intervient Marie avec autorité, supprime-la tout de suite !

– Ok, ok ça va ! hurle Leslie. J'ai compris !

Puis, le reste de la pause se fait en silence.

Je ne parle pas beaucoup aujourd'hui et essaie de m'accrocher au cours.

Leslie me déçoit et je me rends compte qu'elle est parfois égoïste et capricieuse.

A la sortie, Thibaut s'étonne que je ne le suive pas chez lui :

– Tu es fâchée ?

– Non, pourquoi je serai fâchée ?

– Je sais pas t'es bizarre aujourd'hui et puis, tu n'es pas très bavarde, répond-il, inquiet.

– C'est que je me sens pas très bien, je vais rentrer, ok ?

– Ok.

Je me love alors dans ses bras pour lui dire au revoir et j'aperçois Marie qui me regarde avec un drôle de sourire en coin, avec défiance il me semble.

Je ne comprends pas bien ce sourire mais il m'alerte malgré tout. Je crois que j'ai vu juste : Marie a des vues sur Thibaut.

– Tu m'appelles ? demande Thibaut.

– Oui, bien sûr, je t'appelle ce soir, dis-je tout en le regardant droit dans les yeux.

Je salue brièvement Max et Leslie qui est froide avec moi depuis ce midi avec l'histoire de la vidéo, puis, je rentre chez moi me reposer.

La maison est vide et silencieuse.

Je me débarrasse de mes affaires à la va-vite dans l'entrée et décide d'aller prendre un bain à l'étage.

Mes courbatures me font particulièrement souffrir tandis que je gravis l'escalier.

Je crois qu'un bon bain chaud me fera du bien. Un repas aussi.

Je prends alors une résolution : je freine ce régime débile dès aujourd'hui, je n'y vois plus clair et je suis vraiment claquée.

Pendant que l'eau coule, je verse du bain moussant à proximité du jet pour produire une mousse épaisse, abondante et immédiate.

La quantité d'eau me semble suffisante alors je ferme le robinet.

Je tâte la surface de l'eau avec le bout de mon orteil pour vérifier la température et elle est parfaite.

J'entre alors dans l'eau, m'assieds au fond de la baignoire en appuyant mon dos sur la paroi opposée au robinet. La position est parfaite pour se délasser et je ferme les yeux pour en profiter davantage.

Je n'entends rien à part la mousse qui crépite doucement à la surface de l'eau et le long de ma peau.

Sous mes paupières, je vois tout orange.

C'est probablement la lumière du jour déclinant qui filtre à travers mes paupières fermées.

Je vois soudain un point lumineux apparaître sur le fond orange.

Tout d'abord immobile, il se met soudain à bouger sous mes yeux. Je m'amuse alors à lui suivre, toujours les yeux fermés, de gauche à droite.

Puis, d'autres points identiques au premier apparaissent et s'agitent tous les sens comme des feux follets espiègles.

Amusée, j'observe un moment ce drôle de ballet projeté sur ma rétine.

Trop occupée à regarder ce spectacle, je viens seulement de me rendre compte que le fond orange a disparu et a laissé place à une toute autre image.

Il s'agit d'un champ de blé jaune or d'où se détache nettement un ciel bleu sans nuages.

Je m'aventure alors dans ce décor où la chaleur est torride mais agréable. Un léger vent chaud semblable au Sirocco souffle, faisant plier les plants de blé de manière ordonnée, rangée après rangée, à l'instar d'un groupe de fidèles se prosternant devant un autel.

Je vois alors Marie à une dizaine de mètres devant moi.

Elle porte la même robe blanche que l'autre jour à la soirée. Ses boucles blondes virevoltent autour de son visage. Elle me sourit en plissant les yeux et me fait signe de la rejoindre.

Je lui souris également et m'avance lentement vers elle, les paumes tournées vers le sol, caressant au passage les épis de blé qui m'entourent.

Quand j'arrive à sa hauteur, elle s'enfuit en courant dans un éclat de rire enfantin.

Je lui emboîte alors le pas et la poursuit à travers champ en riant.

Elle court droit devant elle pour commencer puis se met à zigzaguer pour essayer de me semer.

A un moment donné, comme elle est parvenue à me distancer, elle s'arrête brusquement.

Et au moment même où je tends la main pour lui attraper le bras, elle repart de plus belle en riant.

Mais je ne la suis pas cette fois-ci, je fais une pause pour reprendre mon souffle.

Je sens la sueur couler abondamment sur mes tempes. Ma respiration est saccadée et l'air brûlant qui envahit mon nez et ma bouche ne m'apaise en rien.

Je suis prise tout à coup d'une quinte de toux provoquée par quelque chose qui me gêne dans la gorge et qui me fait tirer au cœur.

J'ai alors tout juste le temps de mettre ma main en réceptacle sous mon menton pour accueillir ce que je viens de cracher : c'est un papillon bleu.

Un papillon bien vivant et identique à celui qui orne la barrette que Marie m'offerte.

Il fait quelques pas dans le creux de ma main avec ses longues pattes graciles, puis il ouvre ses ailes majestueuses avant de s'envoler vers le ciel.

Nous suivons toutes les deux son ascension et seul le noir qui habille le bord de ses ailes nous permet de le distinguer du ciel bleu azur.

Il s'envole maintenant de plus en plus haut jusqu'à ce que nous puissions plus le voir.

Tout à coup, une quinte de toux plus violente me reprend. Si violente cette fois-ci qu'elle m'oblige à m'arcbouter en avant, les mains posées sur les genoux.

Je manque bientôt d'air pour respirer correctement tant les spasmes sont rapprochés et des larmes se mettent bientôt à couler de mes yeux.

Je pose instinctivement mes mains sur ma gorge et alors que je suis sur le point de m'étrangler, une horde de papillons bleus identiques au premier sort de ma bouche sans discontinuer en filant vers le ciel.

Je suffoque en implorant Marie des yeux qui me tient par les épaules et me secoue en criant :

– Réveille-toi Amy ! Réveille-toi Amy !

Je suis subitement plongée dans l'obscurité et ne peux plus respirer du tout.

Je m'efforce d'ouvrir les yeux malgré tout et je me rends compte que je suis immergée dans l'eau.

La baignoire. Le bain moussant. Je me noie.

Je puise dans mes forces et parviens à m'asseoir en me cramponnant aux bords de la baignoire.

Toute l'eau moussante que j'ai ingérée me brûle le nez, la gorge et me fait tousser.

Je vomis plusieurs filets d'eau dans le bain en éructant dans l'eau, puis les spasmes s'évanouissent.

Dans un élan de panique, je sors de la baignoire, enfile un peignoir et m'assieds à même le carrelage pour reprendre mes esprits.

Je tremble comme une feuille à l'idée que j'aurai pu me noyer.

Après quelques minutes, je me relève avec prudence et aperçois mon visage livide dans le miroir au-dessus du lavabo.

Je vide ensuite l'eau du bain et vais m'allonger sur mon lit, mon oreiller entre mes bras pour me réconforter.

Ce qui vient de se passer me conforte dans mon idée : j'arrête de me sous alimenter avant qu'un accident ne m'arrive.

Une fois calmée, je pense au cauchemar que j'ai fait pendant que j'étais sous l'eau.

Pourquoi Marie était là ? Qu'est-ce que cela peut bien signifier ?

En tout cas, je me dis que même si mon inconscient m'a joué un drôle de tour, il m'a aussi sorti d'affaire.

J'entends alors du bruit au rez de chaussée : c'est Maman et Elo qui sont rentrées.

Je me lève et m'empresse d'enfiler un pyjama pour les rejoindre au vite car je n'ai jamais eu autant envie de les voir.

Je décide de garder pour moi ce qui vient de se passer, elles ne doivent pas savoir.

Je descends les escaliers du plus vite que je peux et accoure vers Maman qui avance lentement vers la cuisine, ralentie par les gros sacs de provisions qu'elles portent.

Je la débarrasse de deux d'entre eux et vais les déposer sur la table de la cuisine, décidée à reprendre les bonnes habitudes.

Tout en rangeant les courses dans le garde-manger, je sens les regards surpris et interrogateurs de Maman et Elo sur moi.

C'est Maman qui brise le silence la première :

– Tu manges avec nous aujourd'hui ?

– Euh, oui, dis-je à demi-voix.

Maman cesse le rangement un instant et me dit d'un ton ferme tout en croisant les bras :

– Ok mais il faut me donner un coup de main pour faire à manger et mettre la table. C'est pas à ta sœur de tout faire, tu comprends ?

– Oui Maman.

– On est trois ici et tout le monde doit participer à la vie de famille.

Je réponds par un hochement de tête puis elle reprend :

– Tu as une petite mine.

– Je suis fatiguée je crois, dis-je, hésitante.

– Ecoute Amy, je sais pas ce que tu fiches en ce moment mais à mon avis, tu files un mauvais coton, s'énerve-t-elle. Tu vas aller te coucher plus tôt le soir maintenant, c'est bientôt le brevet, compris ?

Elo qui n'avait pas dit un mot jusqu'ici intervient en ma faveur à ma grande surprise :

– Je peux t'aider pour réviser si tu veux.

– Ok, dis-je avec reconnaissance.

– Bien, ajoute Maman avec fermeté, je compte sur toi.

Puis, nous reprenons ce que nous avions entrepris quand mon téléphone sonne et vient rompre le silence. Je guette un regard réprobateur de Maman mais au lieu de ça, elle me dit dans un souffle de répondre.

– Amy, c'est Leslie.

– Ça va ?

– T'es toute seule ?

– Pas trop, dis-je en regardant Maman et Elo.

– Isole-toi !

– Je peux pas trop là…

– Allez, s'il te plaît, c'est important, m'implore-t-elle. Je sors alors de la cuisine en disant à Maman que je n'en ai pas pour longtemps et que je reviens tout de suite après ma conversation.

Puis, je m'enferme dans le bureau du bas et m'installe dans le canapé lit pour l'écouter.

– Vas-y, c'est bon.

– Ça s'est pas bien passé avec Max hier, commence-t-elle.

– Comment ça ? Vous vous êtes disputés ?

– Oui en quelque sorte.

– J'ai remarqué que Max s'emporte facilement, dis-je en repensant à la baston devant le gymnase.

– Oui, ça tu peux le dire.

– Il t'a frappé ?

– Non, bien sûr que non.

– Qu'est-ce qui s'est passé exactement Leslie ?

– Euh…hier, on s'embrassait dans sa chambre, commence-t-elle. Il baladait ses mains partout alors je lui ai dit d'arrêter mais il a continué. Il a fallu que je crie pour qu'il arrête parce qu'il avait peur que les voisins entendent…

Par réflexe, je plaque davantage mon oreille sur le téléphone et respire doucement comme si je craignais de rater quelque chose.

– Il s'est levé, reprend-elle, a ouvert la porte de sa chambre et m'a demandé de partir et de ne plus revenir. C'est pas la première fois qu'il essaie mais à chaque fois, je refuse. Je suis pas prête, tu vois ?

– Oui, bien sûr, dis-je, stupéfaite.

– Mais comme je suis amoureuse de lui, j'ai paniqué. La seule idée qu'il me quitte m'a mis dans tous mes états. Je l'ai supplié à genou de ne pas me mettre dehors. Il a quand même pris mes affaires et les a balancées sur le palier en hurlant de dégager. Je me suis mise à pleurer parce qu'il me faisait peur.

– Oh, Leslie, ma pauvre chérie !

– Il s'est calmé, m'a aidé à me relever et m'a serré dans ses bras. Il m'a dit à l'oreille qu'il s'excusait, que c'était de ma faute s'il s'était énervé…

– N'importe quoi !

– Il m'a dit qu'il m'aimait mais pas moi. Je lui ai dit qu'il se trompait et il m'a répondu de lui donner une preuve. J'avais tellement peur que je n'ai pas réfléchi et on a fait l'amour, continue-t-elle. Après ça, je me suis assise au bord du lit et je suis restée là un moment sans parler. Je me demandais si j'avais pas fait une connerie. Et lui, au lieu de s'inquiéter, il vaquait à ses occupations dans la maison pendant ce temps-là. Quand je suis partie, il m'a dit au revoir comme si de rien n'était alors qu'il voyait bien que je n'étais pas bien.

– Oh merde, dis-je la tête basse.

– Amy, il faut rien dire.

– Quoi ? Mais pourquoi ?

– A personne, tu m'entends ? Je veux pas que ça se sache, c'est trop la honte.

– Mais Leslie, c'est lui qui se tapera la honte ! m'énervé-je.

– Non, je veux pas, je voulais juste t'en parler. Je dors mal la nuit tu sais.

– T'es sûre ?

– Oui, et puis, personne ne me croira, il ne m'a pas vraiment forcée.

– Si, ça s'appelle du chantage affectif ! Je peux faire quelque chose Leslie ?

– Non. Tu m'écoutes là, c'est bien. Je peux compter sur toi ? Tu ne diras rien ?

Je me mets alors à pleurer et comme je ne parle plus, elle insiste :

– Hein Amy, tu promets ?

– Oui, tu as ma parole Leslie, dis-je en reniflant.

– Super, merci Amy.

– De rien.

– Je t'aime tu sais, ajoute-t-elle.

– Oui moi aussi Leslie, dis-je dans un sanglot.

– Je dois te laisser maintenant, mes parents vont rentrer et je veux pas qu'ils m'entendent.

– D'accord, Rappelle si tu as besoin.

– D'accord, je m'en souviendrai. A demain.

– A demain, dis-je la voix enrayée par les larmes.

Je raccroche et me presse de m'essuyer le visage pour ne pas que Maman et Elo s'aperçoive que j'ai pleuré.

Secouée par ces tristes évènements, je ressens une soudaine envie de bien faire les choses, de vivre comme il faut.

Je rejoins Elo dans la cuisine et je l'imite.

Je mets la table avec elle, je l'aide à porter la vieille cocotte en fonte et à la déposer sur le dessous de plat au centre de la table.

Puis, je vais chercher Maman dans la véranda pour le dîner.

Alors, je mange de bon cœur les spaghettis bolognaise qu'Elo a préparé.

Elle est même surprise quand je ferme les yeux de plaisir :

– Je pensais pas te faire autant plaisir avec de simples spaghettis Amy !

– C'est que j'ai faim ce soir, dis-je au hasard.

J'apprécie effectivement ce plat pourtant simple car je découvre des saveurs que j'avais oubliées durant la privation de ces derniers mois et c'est un vrai régal pour mon palais.

Après le dîner, je ressens le besoin de rester avec Maman alors je la suis dans la véranda oubliant même d'appeler Thibaut comme je lui avais promis.

J'ai une envie subite de m'intéresser à la passion de Maman et d'en savoir un peu plus :

– Je peux t'aider Maman ?

– Oui mais te sens pas obligée ! rit-elle.

Je regarde autour de moi et je m'aperçois que je ne m'étais pas rendue compte que les orchidées avaient autant poussé.

Je regrette à présent de ne pas être venue ici depuis des semaines et de ne plus du tout passer de temps avec Maman.

Je m'agenouille enfin à côté d'elle :

- Apprends-moi tout ce que tu sais sur les orchidées Maman !

Ma demande déclenche chez elle un large et généreux sourire avec plein de plis de chaque côté de ses yeux.

Je suis contente car, pour une fois, elle ne se cache pas derrière sa main.

10

Leslie n'est pas venue en cours ce matin. J'ai insisté pour que Thibaut attende avec moi jusqu'à la dernière minute devant le collège dans l'espoir de la voir arriver mais rien.

Du coup, Marie a pris sa place à côté de moi en classe. La matinée est bientôt terminée et à aucun moment nous n'avons abordé le sujet de Leslie toutes les deux. C'est étrange, Marie est gaie et pétillante comme d'habitude. Je me dis qu'elle ne doit pas être au courant de ce qui s'est passé entre Leslie et Max.

 Mais ce qui m'étonne le plus c'est que l'absence de Leslie ne semble pas la perturber la moins du monde. Je brûle d'envie de lui en parler mais je me retiens jusqu'au déjeuner.

– T'es au courant pour Leslie ? dis-je à peine assise à table.

Elle baisse tout à coup la tête, regarde furtivement à droite, puis à gauche avant de me répondre prudemment et à voix basse :

– Ouais, je sais.

Puis, elle replonge sa fourchette dans sa purée sans rien ajouter.

Je suis interloquée par sa réaction.

– C'est tout ?!

– Bah oui, répond-elle en haussant les épaules, c'est quoi le problème ?

– Oh, t'es pas vraiment au courant toi.

– Au courant de quoi ?

– Que Max …

Je marque un temps pour observer autour de nous si personne ne nous écoute, puis reprends :

– Que Max lui a fait du chantage pour qu'ils couchent ensemble.

– Si, je suis au courant.

– Et alors ?

– Rien. Ça ne nous regarde pas.

– Comment ça rien ? dis-je en haussant le ton.

Elle pose sa fourchette calmement à côté de son assiette. Elle repousse une boucle blonde qui s'est invité sur ce front, prend une inspiration et me répond sur un ton qui dissimule mal l'agacement :

– Ecoute Amy, dit-elle entre ses dents, ça c'est la version de Leslie, on ne sait pas ce qui s'est passé réellement.

– Je ne peux pas croire que tu dises ça ! m'indignè-je, tu crois qu'elle ferait du chiqué ?

– C'est possible.

Je suis sidérée par l'aplomb de sa réponse.

– Je connais Max, reprend-elle, il ne ferait jamais de mal à une mouche. Elle a dû l'allumer ou un truc comme ça, tu ne crois pas ?

– Non, je ne crois pas, je connais Leslie, elle est fantaisiste des fois mais elle est aussi très sensible.

– Laisse tomber Amy, ok ? dit-elle, la voix mielleuse.

Je la regarde droit dans les yeux et la laisse continuer.

– Il faut que tu penses à nous, à la bande. Cette histoire risque de nous séparer. Tu n'aimerais pas qu'on soit séparé, hein ? Que tu te retrouves encore seule, comme quand tu es arrivée ici ?

– Vaut mieux parfois être seule que d'être entourée de faux-cul !

– Réfléchis Amy ! implore-t-elle alors que je quitte la table prématurément.

– Toi réfléchis, Marie ! Arrête de penser qu'à ta gueule pour une fois ! crié-je en tournant les talons.

Je quitte le réfectoire à vive allure tellement je suis énervée et vais patienter dans la cour avec Thibaut.

Les cours suivants passent lentement.

Je n'adresse pas la parole à Marie qui s'entête à être ma voisine et je suis finalement soulagée quand la cloche sonne, marquant ainsi la fin de la journée.

Les gars nous attendent sous le porche comme tous les jours.

Mon mutisme ne leur échappe pas et Thibaut semble plutôt inquiet. Je crois que Max, lui, se doute de quelque chose à la façon dont il plisse les yeux quand il me regarde, comme s'il cherchait à lire dans mes pensées.

Tandis que nous nous dirigeons vers la sortie, le proviseur nous intercepte tous les quatre :

– Vous ! lance-t-il en nous pointant du doigt, suivez-moi !

Nous échangeons des regards interrogateurs et le suivons sans tarder dans le bâtiment administratif. Nous empruntons un couloir séparé de l'accueil par une porte qui s'ouvre avec un badge. Je suis déjà venue ici l'autre jour avec Leslie après que la prof nous ait fichues dehors à cause d'un fou rire en plein cours.

– Asseyez-vous ici, dit-il en désignant un banc disposé devant son bureau, sauf vous, suivez-moi, dit-il en s'adressant à moi.

Je lui emboîte le pas et entre dans son bureau.

C'est un vaste bureau aux murs blancs avec vue sur la cour pour surveiller les élèves.

Il m'intime de m'asseoir sur la chaise en face de lui et s'assied à son tour en posant ses mains à plat sur le bureau.

– Tout se passe bien, Amy ?

– Oui, ça va.

Bien qu'il arbore un sourire bienveillant en ce début d'entretien, je me méfie car il ne m'a sans doute pas fait venir pour rien.

Il prend un dossier beige sur une pile de documents à l'extrémité du bureau à laquelle je n'avais pas prêtée attention.

– Si je vous demande ça, reprend-t-il, c'est que vos notes ont baissé dernièrement. Qu'est-ce qui se passe ?

– Euh…J'ai pas trop envie de travailler en ce moment je dois dire.

w Ah, c'est ça, vous êtes démotivée. C'est bien ce que je pensais.

Je suis étonnée du calme dont il fait preuve.

– Et c'est pour ça que vous dormiez en anglais l'autre jour ?

– Euh oui, dis-je préoccupée par les traces de doigts que je viens de faire sur le bord du bureau.

– Mais vous allez reprendre du poil de la bête, n'est-ce pas ? continue-t-il, pour passer le brevet haut la main comme la bonne élève que vous êtes Amy.

– Euh oui, dis-je étonnée par le contenu de cet entretien.

– Bon, si je vous ai convoqué, dit-il sur un ton plus grave, c'est pour vous parler de Leslie.

Mon estomac se tord soudain.

– Ah oui ? dis-je en prenant un air innocent.

– Oui, j'ai eu ses parents ce matin et elle risque de s'absenter un bon moment parce qu'elle ne va pas très bien. Vous êtes amies toutes les deux ?

– Oui.

– Et une amie sait forcément quand l'autre a des problèmes, n'est-ce pas ?

– Oui, j'imagine.

– Alors, dîtes-moi ce que vous savez.

– Ce que je sais ? demandé-je les yeux écarquillés.

– Ce que vous savez, ce qui est arrivé à Leslie, dit-il avec un sourire paternel.

Je fais mine de réfléchir en levant les yeux au plafond et en me frottant le menton.

– Essayez de vous rappeler Amy, insiste-t-il, quelque chose ? Un indice ? dit-il en s'approchant au plus près de moi malgré le bureau qui nous sépare.

– Non, j'ai beau réfléchir, je ne vois pas, dis-je en secouant la tête.

– Rien du tout ?

– Rien du tout, désolée.

– Ok, dit-il en soupirant.

Il saisit alors un crayon posé devant lui puis se laisse tomber en arrière dans son fauteuil.

Puis, tout en s'amusant à appuyer sans discontinuer sur le poussoir de celui-ci, il reprend la conversation à la manière d'un interrogatoire.

– Il y a quelques temps, dit-il à voix basse, j'ai eu une vidéo entre les mains montrant une élève se faisant lyncher par ses camarades. Ça ne vous dit rien ?

Je retire mes mains du bureau à présent car elles sont si moites qu'elles risqueraient de trahir ma nervosité en laissant des traces de plus en plus visibles sur la surface laquée du bois.

– Euh non, dis-je en haussant les épaules.

– Camille, vous connaissez ?

– Oui, enfin de vue.

– Dans cette vidéo filmée au réfectoire, explique-t-il en s'avançant de nouveau vers moi, on dirait que quelqu'un la pousse brutalement en avant pour la faire tomber elle et son plateau. J'ai fait bannir cette vidéo d'internet mais j'aimerai malgré tout découvrir le ou la coupable, voyez-vous ?

Ma gorge se contracte au fur et à mesure que l'étau se resserre.

– Oui, c'est normal.

– Tout à fait et je dirai même que c'est immoral de traiter une camarade comme cela ?

– Oui, c'est sûr.

– Oui ? Alors vous allez probablement pouvoir m'éclairer : qui a fait ça Amy ?

– Euh, je ne sais pas, je n'étais pas là.

– Ecoutez, je l'ai déjà convoqué avec sa mère pour qu'elle me désigne un coupable.

– Ah ?

– Mais elle me dit qu'elle serait tombée toute seule en se prenant les pieds dans un lacet défait. Et quand je lui demande si elle sait qui l'a filmé, elle me répond qu'elle n'en a pas la moindre idée, vu qu'elle était par terre à ce moment-là.

Je me détends tout à coup.

– Ceci dit, reprend-t-il, je n'ai pas l'intention d'en rester là. Camille est une gentille fille et elle a certainement peur des représailles. Je ne peux pas tolérer ce genre de comportements dans mon établissement. Vous comprenez ?

– Oui je comprends mais je ne sais rien, répétè-je.

Je sursaute alors qu'il tape tout à coup son poing sur le bureau, le visage crispé par la colère :

– Je ne tarderai pas à savoir ce que vous foutez avec vos petits copains Amy ! C'est clair ? hurle-t-il.

– Oui, dis-je calmement mais je ne sais rien Monsieur.

Il se laisse tomber dans son fauteuil en cuir, abattu. Il réfléchit un moment puis, une lueur apparaît subitement dans son regard.

– Camille, bien qu'elle soit travailleuse, a des difficultés en classe, confie-t-il. J'ai proposé à ses parents de lui trouver un élève volontaire pour lui donner des cours du soir jusqu'au brevet. Ça vous dit ?

Son idée ne m'enchante pas du tout mais je vois là une formidable porte de sortie, alors je m'empresse d'accepter.

– Oui, bien sûr ! dis-je en arborant mon sourire le plus aimable.

– C'est parfait, merci Amy, dit-il sur un ton chaleureux. Vous pouvez y aller. Je ne vous retiens pas plus longtemps, rentrez chez vous !

– Merci Monsieur. Au revoir, dis-je en souriant du mieux que je peux.

Je sors du bureau et emprunte de nouveau le couloir qui mène à la sortie.

Les autres lèvent des yeux inquiets vers moi lorsque je passe devant eux.

Je veux leur dire un mot mais alors que je m'apprête à le faire, le proviseur crie derrière moi : « Suivant ! ».

Cacher la vérité au sujet de Max et Leslie me pèse mais j'ai fait une promesse et je ne peux pas la contourner, question de confiance.

En tout cas, j'espère que Marie ne va pas se vendre au cours de l'entretien, qu'elle ne va pas avouer avoir poussé Camille, pensant que je l'ai balancée.

En attendant que Thibaut sorte, je vais rendre visite à Leslie pour voir comment elle va. C'est l'occasion puisque je suis seule et que les autres sont retenus chez le proviseur.

Arrivée devant sa maison, je sonne à la porte d'entrée et j'entends alors une voix de femme à l'intérieur qui me dit d'attendre une minute.

J'entends ensuite les cliquetis des verrous de la porte que l'on défait et la mère de Leslie apparaît devant moi, le visage sinistre.

Leslie tient ses yeux rieurs de sa Maman mais là, ce n'est pas flagrant tant son visage est triste. Ils sont ternes comme un miroir sans tain et j'imagine qu'elle a dû faire nuit blanche.

Quand elle sort en fermant aussitôt la porte derrière elle et qu'elle prend appui dessus, je comprends qu'elle ne m'invitera pas à entrer.

– Bonjour Amy, dit-elle d'une voix éteinte.

– Bonjour Madame, je suis venue voir Leslie.

– C'est pas possible ma grande, Leslie va pas bien, elle veut voir personne.

– Même moi ?

– Même toi, désolée.

Alors que les larmes viennent inonder mes yeux, elle tente de me rassurer :

– Certainement plus tard, hein Amy ?

– D'accord, dis-je en me maîtrisant.

– Mais pour le moment c'est pas possible, reprend-elle. Hier, quand son père est entré dans sa chambre, Leslie avait ouvert la fenêtre et passé la jambe par-dessus le garde-corps. Il a eu juste le tente de l'entourer de ses bras et de l'enlever de là. Ensuite, il a fermé la fenêtre et a retiré toutes les poignées aux fenêtres de l'étage par sécurité. Après ça, elle a fait une crise, elle implorait son père de la laisser partir. Plus tard, le docteur est passé lui donner des calmants et il nous a dit que si ça recommençait, il faudrait l'interner pour la protéger.

Après un silence, elle ajoute :

– Elle veut en finir ma fille et je sais pas pourquoi. Tu sais quelque chose toi ?

Face à la détresse de cette maman, j'hésite un moment puis je repense une fois de plus à la promesse que j'ai faite à Leslie.

– Non Madame, désolée, je ne sais rien, dis-je la voix enrouée.

Puis elle me quitte pour aller veiller sur Leslie.

En m'éloignant de la maison, je suis prise de remords.

Je m'arrête à plusieurs reprises sur mon trajet, songeant faire demi-tour et raconter la vérité mais je me ravise et continue ma route.

Je me dis qu'elle aura probablement la force d'en parler dans quelques temps et que je serai là pour l'épauler.

Je me rends chez Thibaut à présent puisque l'interrogatoire du proviseur doit être terminé ou en passe de l'être.

J'ai hâte de retrouver ses bras chaleureux après cette journée éprouvante.

Alors que j'avance sur le chemin qui mène à l'entrée de son immeuble, je m'arrête brusquement.

A une cinquantaine de mètres, je distingue Thibaut et Marie en pleine conversation devant chez lui.

Ils doivent probablement parler de Leslie mais guidée par mon instinct, je choisis de les observer un moment plutôt que de les rejoindre.

La végétation qui borde le chemin est suffisamment fournie en cette saison pour me procurer une cachette qui me permettrait de voir sans être vue.

Je fais alors quelques pas sur le côté pour pouvoir les observer entre les branches d'un arbre quand je perçois Thibaut caressant les cheveux de Marie.

Puis, il se penche sur elle et l'embrasse sur la bouche avant qu'elle ne tourne les talons.

Mon sang ne fait qu'un tour.

J'appuie mon dos contre le tronc d'un arbre pour ne pas flancher.

Je me dis que c'est peut-être qu'un petit bisou comme ça, un bisou d'amitié.

Mais tout à coup, ce qui était une supposition devient alors une certitude : Marie et Thibaut sont bel et bien ensemble.

Je comprends mieux pourquoi Marie disait qu'Emma et Thibaut se sont séparés parce qu'elle était jalouse et faisait régulièrement des histoires. Elle devait avoir des doutes sur la fidélité de Thibaut mais finalement ses suspicions étaient largement fondées.

Mais pourquoi Marie m'aurait-elle fait croire que je suis sa meilleure amie ? Et Thibaut, qu'il m'aime ?

Probablement, pour que je l'aide, elle, dans ses combines pour piquer dans les magasins et pour lui fournir des antisèches, je ne vois que cela.

C'est certainement un jeu perfide entre eux, un jeu glauque entre ados ou un truc dans le genre.

Je comprends mieux tout à coup pourquoi Thibaut a mis autant de temps à se décider pour sortir avec moi : je ne l'intéressais pas finalement.

Et pour mieux manœuvrer, Marie a tout mis en œuvre pour me couper des autres. Elle m'a suggéré d'aller voir Lola parce qu'au fond, elle avait compris ce qui se passait avec Clément et elle savait que je ne leur pardonnerai pas.

Et puis, elle m'a accaparé tellement de temps que j'en ai même oublié Maman et Elo.

Finalement, elle savait qu'en m'isolant, elle aurait la main mise sur moi.

Dire que je me suis même fait crever de faim pour être comme elle, c'est de la folie.

Si j'en avais le courage, j'irai en parler à Emma et je suis persuadée qu'ils lui ont fait la même chose à elle aussi.

Je sors de ma cachette maintenant que le champ est libre et vais de ce pas sonner chez Thibaut qui m'ouvre la porte d'entrée.

Je fulmine à présent dans l'ascenseur qui me semble aller plus lentement que d'habitude.

Puis, je me retrouve devant lui qui attend devant sa porte.

Je passe devant lui sans l'embrasser même s'il me tend sa bouche et me dirige vers sa chambre.

Je m'assieds sur le lit sans prendre la peine de retirer ma veste, trop pressée de régler mes comptes.

– Ça va ? demande-t-il hésitant.

– T'as rien à me dire ? demandé-je, agressive.

– Non, répond-il en se frottant l'arrière du crâne.

– Tu vois quelqu'un, dis-je sèchement.

– Non.

– C'était pas une question ! dis-je agacée.

– Mais qu'est-ce que tu racontes ?

Je prends le temps de le regarder : rien ne filtre, il simule l'étonnement à merveille.

– Arrête de mentir Thibaut, je vous ai vu !

- Je te jure que non, dit-il sur un ton identique.

– Vous me prenez vraiment pour une conne ? dis-je en soupirant, exaspérée par son entêtement.

– Qui ça ?

– Toi, la bande.

– On a rien dit au proviseur concernant la vidéo de Camille si tu veux savoir.

– Non, je parle pas de ça. Tu vois quelqu'un je le sais.

– Ah ! je te prends pour une conne ? Je te trompe c'est ça ? s'énerve-t-il subitement.

– Euh oui …

– Tais-toi ! T'es mal placé pour me dire ça ! crie-t-il, piqué au vif.

– Hein ?

– Tu comptais me le dire quand pour Axel ? Vous vous êtes bien amusés à la soirée !

– On était pas ensemble je te signale ! criè-je à mon tour.

– Peut-être mais on a des potes en commun, lui et moi, et ça m'a pas fait rire de passer pour un con quand on me l'a dit je te signale !

– Des potes en commun ? Comme Max par exemple ?

– Euh…ouais par exemple, dit-il, adouci.

Je prends le temps d'observer son visage un moment pour essayer d'y lire s'il est sincère ou non.

– J'imagine que toi non plus, t'es pas au courant pour Max ?

– De quoi ? dit-il en levant les sourcils.

– C'est bon, je me casse, dis-je prête à exploser et voyant qu'il est faux, tout comme Marie.

Je ramasse mes affaires et traverse l'appartement comme une flèche.

Avant que je claque la porte de l'entrée derrière moi, je l'entends me crier :

– Et ne reviens plus ici ! Et surtout fais-toi soigner espèce de folle !

Je sais que la colère trahit. S'il était blanc comme neige, il ne se serait pas mis dans cet état, pensè-je dans l'ascenseur.

En sortant de l'immeuble, je prends tout à coup conscience que c'est vraiment fini.

Je m'avance sur le chemin et me mets à espérer qu'il soit derrière la fenêtre à me regarder partir, l'air désespéré.

Puis, j'en suis sûre tout à coup, nous ne pouvons pas nous quitter de cette façon.

Il est forcément derrière la fenêtre.

Je devrai jeter un coup d'œil en arrière.

Je me retourne, observe chacune des fenêtres de son appartement et constate avec amertume qu'il n'y a personne.

Dans le bus qui me ramène chez moi, je ne cesse pas de pleurer.

Je ressens une grande tristesse à l'idée que le petit monde que je m'étais créé depuis la rentrée vient de s'effondrer.

Marie, Leslie, Max et Thibaut composait un joli tableau dont je n'avais pas remarqué le vernis écaillé et la toile écornée.

Soudain, une voix me fait sursauter :

– Faut pas pleurer princesse.

C'est le type de l'autre jour, celui qui m'a proposé de partager un pétard.

Il se tient debout devant moi et bien qu'il se cramponne à la barre la plus proche, son corps oscille malgré lui d'avant en arrière.

Ses yeux explosés traduisent un état de défonce important cette fois-ci et il sent si mauvais que cela en est insupportable.

Je me lève précipitamment et vais me poster près du conducteur.

– Tout va bien Mademoiselle ? demande celui-ci.

– Je me mets là parce que l'autre type là-bas est vraiment bizarre.

– Oui, restez à côté de moi, c'est plus sûr. C'est un pauvre type mais on ne sait jamais, répond-t-il en regardant dans le rétroviseur.

Je le regarde à mon tour et il me semble qu'il parle tout seul maintenant.

Il me fait pitié, il est si jeune.

Je me demande comment il a pu dériver à ce point ? Il a dû avoir des problèmes, des mauvaises fréquentations et a foncé droit dans le mur.

Je sors alors mon téléphone de mon sac et sans réfléchir, j'efface les numéros de Marie, Thibaut et Max ainsi que nos conversations : je ne veux pas de problèmes.

Le conducteur m'ouvre la porte avant du bus devant mon arrêt.

– Bonne soirée Mademoiselle !

– Merci bonne soirée !

Je descends du bus et remonte la rue principale de mon lotissement.

Le froid est tombé. J'enfonce mes mains dans les poches de ma veste et presse le pas, tête baissée.

Arrivée à la maison, je fonce à l'étage m'enfermer dans ma chambre.

Je ressens le besoin de m'asseoir sur le lit pour me calmer avant d'affronter Maman et Elo.

Bientôt, on frappe à la porte.

Celle-ci s'ouvre sans que j'en donne l'autorisation et ce sont justement elles qui s'invitent dans ma chambre et viennent s'asseoir elles aussi sur le lit.

– Qu'est-ce qui ne va pas ? demande Maman.

– C'est fini avec Thibaut, dis-je en m'affalant dans ses bras.

Elle me serre fort et m'embrasse sur la tête.

– Ce sont des choses qui arrivent, dit-elle. Tu es jeune, tu sais. Des amoureux, tu en auras d'autres.

– Je me suis aperçue qu'il sortait avec Marie…

Elo s'approche de moi à son tour.

– Amy, il faut que je te dise. Marie, elle…

– Elo ! intervient Maman.

– Quoi Marie ? dis-je en me redressant.

– Je veux dire, reprend Elo sur un ton maîtrisé, Marie ce n'est peut-être pas vraiment une amie.

– Oui, je m'en rends compte, dis-je en reniflant, c'est une sacrée manipulatrice.

– Il ne faut pas se laisser abattre, dit Maman en repoussant une mèche de cheveux derrière mon oreille, on est là avec ta sœur, d'accord ?

– D'accord.

Elles se lèvent toutes les deux du lit et s'apprêtent à sortir quand Elo me demande :

– Je viens te chercher pour manger ?

– Non, je viens avec toi préparer le dîner, dis-je en me levant à mon tour, il faut que je me bouge.

11

Cela doit faire un bon mois que j'ignore les autres au collège depuis que tout cela est arrivé.

Parfois quand je passe devant eux, je sens qu'ils me suivent des yeux mais je ne leur jette même pas un regard, je continue mon chemin tête haute.

Ma solitude n'a pas échappé pas aux autres élèves qui chuchotent et ricanent dans mon dos de temps à autre.

L'autre jour, alors que j'étais seule à table, Emma me regardait en pouffant avec ses nouvelles copines. Je ne me suis pas démontée pour autant, je les ai fixées toutes autant qu'elles sont tout en continuant à manger puis, elles se sont finalement calmées.

Je me fiche de tout cela, de la bande, d'elles qui se moquent de moi, je ne fais que penser à Leslie que ses parents ont finalement fait hospitaliser pour soigner ses tendances suicidaires.

Elle est enfermée là-bas, coupée du monde, et ne reçoit que quelques visites ponctuelles de ses parents. J'ai pris quelques nouvelles d'elle par sa mère mais je n'ai pas cherché à entrer en contact, à lui téléphoner ou à lui écrire une lettre car elle devait être au courant de la relation de Marie et Thibaut et je l'ai finalement mise dans le même sac, d'autant qu'elle n'a pas cherché le contact non plus.

Dans ma solitude, je me suis imposée un nouveau rythme quotidien auquel je déroge qu'en de rares occasions.

Je vais en cours, j'écoute les profs et prends mes notes avec assiduité. Je reste seule la plupart du temps pendant la récréation et l'heure du déjeuner.

Puis, une fois la journée terminée, je me rends chez Camille pour faire des révisions et je rentre ensuite à la maison à heure fixe, à 19 heures pétante comme Maman me l'a imposée.

Le week-end, je ne me lève jamais avant 10 heures même si je suis réveillée avant. Je lis alors un roman en surveillant l'heure sur mon réveil.

Je suis parfois tentée de me lever avant mais si je le fais, la journée est trop longue et je peine à trouver des occupations. Et quand je ne suis pas occupée, je pense. Je pense aux autres : Max, Marie, Thibaut et Leslie et aux bons moments que nous avons passés ensemble : la soirée chez Marie, la première fois où j'ai embrassé Thibaut, le basket du mercredi etc.

Je trouve alors ma solitude si pesante et l'ennui si mortel que j'imagine un scénario, les yeux fermés, dans lequel nous reprenons contact tous les cinq, nous tombons dans les bras des uns et des autres en pardonnant nos fautes et en pleurant et, nous recommençons tout à zéro, comme avant.

Puis, je repense au jour où tout a dégénéré : la vidéo de Camille, l'abus de faiblesse de Leslie et clou du spectacle : la relation secrète de Marie et Thibaut.

Je m'énerve alors toute seule, j'enrage rien qu'en y repensant.

J'attrape tout ce qui me passe par la main et le balance à travers ma chambre de toutes mes forces : des livres, des coussîns, une paire de chaussures… Puis, je m'arrête net, le joli papillon bleu entre les mains que je suis incapable de jeter.

Je me laisse finalement tomber sur le lit, la vague à l'âme, épuisée d'avoir constamment l'humeur en montagnes russes.

Je me dis que ça passera avec le temps.

Lorsque la pression de la tristesse est trop forte, je pars marcher un moment au bord du lac.

Quand j'en ai fait le tour et que je n'arrive toujours pas à penser à autre chose, je m'assieds sur un banc et contemple ce qui m'entoure.

J'aperçois des petits poissons qui remontent à la surface de l'eau tandis que les cygnes vivants ici s'approchent doucement en glissant sur l'eau, pensant probablement que je vais leur donner du pain comme le font habituellement les promeneurs.

J'observe aussi le reflet de la lumière sur l'eau qui fait scintiller les branches des arbres qui surplombent le lac.

Je croise parfois une bande de jeunes de mon âge qui me regardent avec curiosité et qui doivent se demander ce que je fais seule ici, assise sur un banc sans bouger.

Je laisse alors libre cours à mes pensées du moment qu'elles ne concernent pas Max, Leslie, Thibaut ou Marie, le dos appuyé sur le dossier du banc et les muscles relâchés.

Quand je suis dans un état de demi-conscience et de détente, je peux alors envisager de rentrer à la maison.

J'aide aussi Maman à s'occuper de ses orchidées qui sont bien nombreuses à présent. Si nombreuses qu'il a fallu que nous enlevions la vieille banquette aux motifs fleuris pour faire de la place, non sans un pincement au cœur. Cette banquette où nous avions regardé les étoiles tous les cinq le soir où Thibaut m'a embrassé pour la première fois.

Etrangement, mes occupations principales aujourd'hui concernent Camille.

Je prépare chaque jour le cours que nous réviserons le lendemain et une série d'exercices et de questions s'y afférant.

Cela me demande du temps, de la concentration et m'occupe l'esprit.

Camille habite en banlieue comme moi dans une maison blanche sans étage avec un toit tout plat.

Ses parents m'ont chaleureusement accueillies quand je suis venue ici la première fois. J'en ai déduit que Camille avait tu nos démêlées et n'avait pas imaginé ma responsabilité dans la prise et la diffusion de la vidéo la ridiculisant.

Ses parents sont de gentilles personnes, souriantes, et pleines d'égard vis-à-vis de moi et Camille, elle, ne semble pas rancunière même si elle se comporte froidement avec moi.

Les murs de sa chambre sont roses tout comme le sol. Adossé au mur, un lit en fer forgé blanc avec de hauts montants ornés de boules dorées à chaque extrémité occupe le centre de la pièce.

Un bureau et une armoire blanche viennent compléter le mobilier et renforcer l'aspect petite fille de l'endroit.

Nous parlons peu et nous mettons au travail dès mon arrivée.

Après lui avoir résumé l'essentiel de quelques chapitres, je lui refais faire les exercices de maths correspondant ou lui repose les questions que nous avons eues précédemment en interrogation d'histoire.

Pendant tout ce temps, elle reste concentrée sur son travail sans laisser apparaître une quelconque émotion.

Elle n'exprime ni sympathie, ni colère.

Elle travaille studieusement près de deux heures durant dans l'indifférence la plus totale.

Cependant, elle fait de larges progrès semaine après semaine et je me rends compte qu'elle est loin d'être idiote.

Ses notes passables semblent être liées à son manque criant d'organisation comme en témoigne le bazar constant sur son bureau et alentour.

L'autre jour, il était si encombré qu'il a fallu le débarrasser carrément pour que nous ayons de la place pour s'installer.

Au lieu de la regarder faire, j'ai saisi une pile de livres et de papier diverses et alors que je m'apprêtais à les déposer sur son lit, elle s'est empressée d'arrêter mon geste pour récupérer ce qui semble être un journal intime au creux de la pile : de couleur rose également et jalousement verrouillé avec un cadenas doré.

Sur la couverture apparaissent de drôles d'animaux aux yeux disproportionnés.

Des grenouilles, des poussins et des vaches semblables à ceux que l'on trouve dans les manuels scolaires des maternelles.

Je trouve l'idée de tenir un journal intime ridicule pour une fille de 15 ans mais c'est raccord avec le reste du personnage.

Camille me fait penser à Lola parfois et à première vue, il y a peu de chance que nous ayons des points communs.

Je ne sais pas grand-chose d'elle alors que je lui rends visite depuis un mois maintenant mais ce soir, je reste un peu après les devoirs et tente d'engager la conversation avec elle.

Elle se contente de répondre par oui ou par non à mes nombreuses questions avec un désintérêt évident.

Lassée, je décide d'en rester là et alors que je plie bagage, elle prend enfin la parole :

– Je me demandais, comment ça se fait que t'es tout le temps toute seule au collège ? Je veux dire, je te vois plus avec ta bande de potes en ce moment alors…

– On est fâché, coupé-je.

– Ah, vous étiez proches pourtant.

– Ouais mais parfois quand les gens nous déçoivent, on prend le large.

– Ah ok. Et Leslie, elle vient plus en cours ?

– Non.

– Ah ok.

Nous restons un moment sans parler et alors que ces questions ont cessé, je me mets à raconter toute l'histoire en détail à mon ancienne rivale, probablement poussée par l'envie de me confier à quelqu'un.

Je n'omets aucun détail, mon amitié fusionnelle avec Marie, mon amitié folle avec Leslie et mon amitié complice avec Max, sans oublier mon histoire d'amour naissante avec Thibaut.

Je guette ses réactions tout en parlant et je m'aperçois qu'elle reste relativement neutre.

Parfois ses sourcils se lèvent, parfois elles esquissent un sourire puis prend un air grave à mesure que je lui raconte mon histoire.

Puis, voyant qu'elle est à l'écoute et qu'elle ne semble pas me juger, je me risque à raconter nos combines pour avoir des fringues, ce qui est arrivé à Leslie puis la relation secrète entre Thibaut et Marie.

– C'est plus que je peux en supporter, c'est pourquoi je me suis éloignée, dis-je en conclusion.

– La vache ! Je m'attendais pas à ça !

– Moi non plus je te rassure. Je croyais que tout irait bien avec la bande, puis en creusant un peu, je me suis rendue compte qu'aucun d'entre eux n'était sincère, dis-je les épaules basses.

– Le plus important c'est que tu te sois barrée, dit-elle.

– Mouais.

– Pourquoi tu viendrais pas avec nous au collège au lieu d'être seule ?

– Je sais pas. Merci mais pas pour le moment, j'ai besoin d'être seule, dis-je. Mais c'est gentil, j'apprécie ton geste.

Je range mes affaires et lui donne rendez-vous le lendemain, contente des échanges que nous venons d'avoir.

Au moment où je sors de la chambre, je me heurte à quelqu'un qui passait dans le couloir :

– Axel ?

– Salut Amy ! dit-il en me faisant la bise.

– Tu…

– J'habite ici, rit-il, Camille est ma petite sœur.

– Ah je savais pas, dis-je en rougissant.

– Ça se passe bien les révisions ? Ma sœur t'écoute au moins ? se moque-t-il alors que Camille nous rejoint, parce qu'elle est pas très douée alors…

– Arrête Axel ! s'indigne Camille en lui tapant le bras.

– Oui, ça se passe très bien, dis-je en souriant.

– On se voit plus tard ! dit-il en s'en allant.

– A plus tard, dis-je, stupéfaite.

Sur le trajet du retour, je suis aux anges : il semblerait que je Camille et moi soyons en train de nous rapprocher et la rencontre avec Axel m'a fait plaisir.

Je me demande tout à coup si Camille est au courant des échanges sulfureux entre Axel et moi à la soirée de Marie quand la sonnerie de mon téléphone me fait sursauter.

Je ne reçois plus beaucoup d'appels ces derniers temps et le numéro qui s'affiche ici m'est inconnu mais je décroche malgré tout.

– Allo ? dis-je hésitante.

– Bonjour Amy, c'est Sandrine, la Maman de Thibaut. Comment vas-tu ?

– Euh, bien et vous ? dis-je surprise.

– Ça va, merci. Je t'appelle parce que j'ai terminé la tunique que je t'avais promise, tu te rappelles ?

– Oui.

– Et je me disais que tu pourrais passer un de ces soirs la récupérer.

- Bah en fait…

– Alors, je sais que t'es brouillée avec mon fils, coupe-t-elle, mais j'aimerai que l'on continue à se voir, d'accord ?

– Ok mais j'ai pas trop envie de le voir.

– Viens pendant qu'il est au basket demain soir, propose-t-elle.

– D'accord, on fait comme ça.

– A demain, conclut-elle joyeusement.

– A demain, dis-je, morne.

Je me rends chez elle le lendemain après être passée chez Camille.

Ça me fait drôle de revenir ici, de me retrouver dans ce quartier, devant cet immeuble.

Avant de sonner, je vérifie l'heure.

Il est 19h.

En principe, l'entraînement de basket vient de débuter, la voie est donc libre.

Malgré cela, dans l'ascenseur, mon ventre se serre à mesure que les numéros des étages défilent sur l'écran lumineux.

Je frappe à la porte.

Sandrine me crie d'entrer.

J'ouvre la porte et je suis saisie par l'odeur de l'appartement que j'avais oubliée et qui me rappelle mes heures passées ici.

Sandrine m'accueille avec un large sourire, me fait une bise appuyée et me fait entrer au salon.

Tandis qu'elle se met à parler abondamment, je remarque un des maillots de basket de Thibaut posé sur le dossier d'une chaise et sens un pincement au cœur.

Elle me tend alors la tunique qu'elle a confectionnée avec un air satisfait.

– Tu l'essaies ? demande-t-elle en frappant ses mains l'une contre l'autre.

– Ouais, dis-je en découvrant la jolie tunique.

Je la passe et aussitôt Sandrine s'approche pour évaluer ma taille et mes hanches.

– C'est parfait, j'ai l'œil ! s'exclame-t-elle en me désignant un miroir dans le coin du salon.

– Oui, approuvé-je en m'observant dedans.

Après l'essayage, j'accepte de m'asseoir un moment avec elle. Ses paroles me redonnent le sourire : elle me dit qu'elle est contente que je sois venue, ma visite lui fait plaisir d'autant qu'elle aurait adoré avoir une fille.

Le jour suivant, alors que j'étais apaisée d'avoir conversé avec Camille et Axel et d'avoir vu Sandrine, j'assiste à un drôle de manège dans la cour de récréation.

Alors que Thibaut regarde ailleurs, j'aperçois Marie s'approcher de Max et lui chuchoter quelque chose à l'oreille.

Il regarde alors dans ma direction avec ses yeux noirs et perçants tandis que Marie croise ses bras et me regarde avec un sourire moqueur.

Plus, à un moment donné, en classe, je sens un regard insistant sur moi.

Je tourne la tête et m'aperçois que Max me fixe bizarrement.

Mon regard attire Thibaut qui me regarde à son tour d'un air interrogateur mais je détourne les yeux et l'entends soupirer.

Il doit savoir que je suis passée chez lui voir sa mère et doit s'imaginer que je vais changer d'avis.

A la fin de la journée, comme l'été approche à grands pas et qu'il commence à faire chaud dans les salles de classe, j'ai soif et je décide donc d'aller boire aux toilettes avant d'aller chez Camille. J'ouvre le robinet et bois quelques gorgées d'eau pour me désaltérer et me passe un peu d'eau sur le visage avec mes mains pour me rafraîchir.

Alors que je regarde dans le miroir qui me fait face, j'aperçois Max derrière moi dans le reflet.

Je fais volte-face et il m'attrape par le cou et me plaque contre la cloison avec force.

– Qu'est-ce que tu fous ? dis-je en essayant de me dégager.

– Tu crois que je vais vous laisser foutre ma vie en l'air avec Leslie ! crie-t-il avant de m'asséner une gifle cuisante.

– Mais Max, dis-je en pleurant, j'ai rien dit, je te jure !

– T'as plutôt intérêt, ajoute-t-il en me bousculant à nouveau contre le mur.

– C'est bon, j'ai compris, dis-je la voix brisée par les pleurs.

Il me regarde alors un moment et me relâche.

Je ramasse mon sac au sol et sort d'ici sans attendre.

Je marche le plus vite possible vers la sortie en essayant de sécher mes larmes pour ne pas éveiller les soupçons des pions que je pourrai croiser, avec Max sur mes talons.

Quand soudain, il s'agrippe à mon bras pour m'arrêter et me tourner vers lui.

– Je euh…Tu as fait tomber ça, dit-il en me mettant le papillon bleu de Marie brisé en deux au creux de la main.

Alors que je repars, il m'agrippe de nouveau et ajoute :

– Désolé Amy, je voulais pas en arriver là.

Je m'arrache alors à lui et sors en le laissant derrière moi.

Je file directement chez Camille en espérant y trouver un peu de réconfort.

– Mais qu'est ce qui t'es arrivé ? demande-t-elle en m'ouvrant la porte.

– C'est Max, il croyait que j'allais le balancer pour Leslie.

– Viens me dit-elle en m'attirant à l'intérieur, l'air affecté de me voir ainsi.

Elle me traîne à la cuisine et m'assieds sur une chaise. Elle sort quelques glaçons du congélateur et les place dans un sac alimentaire.

Elle déplace ensuite une chaise et s'assied à son tour pour me faire face et pose le sac sur ma joue endolorie.

– Ce n'est pas grand-chose, déclare-t-elle en écartant une mèche de mes cheveux venue se coller là. Avec un peu de froid, tu n'y paraîtras plus.

– J'ai vu Marie lui parler à la récréation, je suis sûre qu'elle y est pour quelque chose, dis-je.

– Tu vas rester avec moi maintenant, ok ? ajoute-t-elle gentiment.

– Et moi, je viendrai vous attendre tous les soirs à la sortie, ajoute Axel qui vient d'arriver.

Camille acquiesce par un hochement de tête et tout en jouant avec mes doigts avec le papillon brisé que j'ai fourré dans la poche de ma veste, Axel m'adresse un sourire bienveillant.

En rentrant chez moi ce soir, je n'ai pas vraiment de chagrin car je sais que Camille et Axel sont là pour moi.

J'entre dans la maison et comme à mon habitude maintenant, je laisse mes affaires dans l'entrée et vais directement dans la cuisine pour aider.

Téléphone à l'oreille, Maman me fait signe de me taire et Elo, dans un coin, silencieuse et la tête basse, ne m'adresse pas un regard.

Je vais alors patienter dans ma chambre et en entrant, je sursaute à la vue de Marie, assise sur mon lit.

– Te voilà, toi ! dis-je, agressive.

– Oui, répond-t-elle avec un sourire crispé.

– Max m'a frappé à cause de toi !

– Mais j'ai rien fait Amy, dit-elle calmement.

– Oh ! arrête tes mensonges Marie ! Ça ne marche plus !

– Je t'avais dit de ne pas te mêler de cette histoire entre Max et Leslie mais tu ne m'as pas écouté.

– Non ! je te fais plus confiance ! dis-je en repensant au baiser devant chez Thibaut.

– Je suis venue te dire au revoir Amy.

– Comment ça ? Tu t'en vas ? demandé-je le cœur serré.

– Oui je déménage loin d'ici, dit-elle en souriant.

– Ok au revoir alors, dis-je en soupirant.

– Au revoir Amy, dit-elle larmoyante.

Je la laisse sortir de la chambre sans même l'embrasser ni même la serrer dans mes bras. Je suis triste mais je n'y peux rien, c'est comme ça. Notre histoire nous a amoché tous les cinq et il faut maintenant nous séparer de manière définitive.

Je me poste à ma fenêtre et la suis des yeux dans le jardin.

L'espace d'un instant, j'ai envie d'ouvrir la fenêtre pour lui crier que je n'ai jamais eue d'amie comme elle et que je ne l'oublierai jamais, non mieux que j'irai lui rendre visite à chaque vacance et qu'on recommencera à zéro, comme avant.

Mais je reste la main sur la poignée sans bouger.

Laisse-la partir, c'est la meilleure chose à faire, pensé-je.

Quand elle disparaît au bout de la rue, je sors le papillon fendu de ma poche et le balance dans ma corbeille à papier.

A ce moment-là, Maman entre comme une furie dans ma chambre alors que je suis émue par le départ soudain de Marie.

J'ai tout juste le temps de m'écarter du passage pour la laisser passer, avec Elo sur ses talons.

– Qu'est ce qui se passe Maman ? demandé-je, inquiète.

Elle rapproche ma chaise de bureau de l'armoire sans répondre et grimpe dessus pour atteindre la dernière étagère.

Je sais alors ce qu'elle cherche : les fringues que l'on a volées avec les filles et que j'avais oubliées. Serait-ce un coup de Marie avant de partir ?

Maman sort la boîte à archives et la dépose dans les bras tendus d'Elo.

Ça y est, les problèmes me rattrapent.

Je serre les dents en attendant la suite, impuissante quand Maman s'exclame :

– Y a rien là dedans !

Elle s'assied alors sur la chaise, le visage dans ses mains.

– Qu'est-ce qu'il y a Maman ? risque Elo.

– Le père de Leslie m'a appelé tout à l'heure pour me dire qu'elle et ta sœur volait régulièrement dans les magasins.

– Hein ? s'étonne Elo.

– Leslie lui aurait dit que les vêtements étaient planqués là-haut.

– C'est quoi cette histoire ? demande Elo.

– Je sais pas, dis-je l'air innocent.

– Tu as de drôles de copines ! s'exclame Maman.

– On traîne plus ensemble depuis un moment, dis-je.

– Ah oui ?

– Camille est tombée par terre au self il y a quelques temps et Leslie l'a filmé et a posté sa vidéo sur internet pour l'afficher, j'étais pas d'accord alors on s'est fâché.

– T'as bien raison ma sœur ! s'exclame Elo.

– C'est pour ça que tu l'aides au devoir le soir ? demande Maman.

– Bah ouais, elle est un peu traumatisée avec tout ça. Elle travaillait moins et a pris du retard pour le brevet. Puis, après un moment, j'ajoute :

– Je sais pas pourquoi Leslie a fait ça. Peut-être pour se venger de l'avoir laisser tomber.

Je mens sans ciller.

Je me donne une chance de changer et de reprendre le cours normal de ma vie, égoïstement, sans penser à Leslie.

Maman et Elo m'écoutent et me regardent avec fierté maintenant.

– Marie est partie, ajouté-je, des sanglots dans la voix.

– Mais Marie...commence Elo.

– Tu sais, coupe Maman, les amitiés ça va, ça vient, me dit-elle.

J'acquiesce d'un hochement de tête et reste assise sur mon lit un moment après qu'elles deux aient quitté ma chambre.

Puis, je vais vérifier moi-même en haut de l'armoire et il n'y a effectivement plus rien : ni vêtements, ni antivols.

Tout à coup, je me mets à rire toute seule en repensant à Marie qui est venue avec son grand cabas tout à l'heure, comme quand nous allions dans les magasins. A tous les coups, elle a fourré le butin dedans et est partie avec, se doutant que Leslie allait parler et que j'aurai des problèmes. La connaissant, elle a dû chercher à se racheter avant de partir.

Je descends alors au rez-de-chaussée rejoindre Maman et Elo pour préparer le dîner.

Nous plaisantons en nous racontant des blagues chacune notre tour tandis que nous mangeons.

Puis, après avoir débarrassé la table, nous nous retrouvons toutes les trois dans la véranda pour arroser les orchidées et pour les libérer des tiges mortes.

Nous finissons toutes les trois devant la télé à regarder un film passable, comme avant.

Ce soir, je m'endors paisiblement.

Je fais un rêve dans lequel je suis chez Camille et Axel.

Je suis habillée avec un short en jean et un haut blanc. Le soleil brille fort. Il fait si chaud qu'Axel et Camille me propose d'aller à la piscine mais veulent aller faire une course avant à la supérette d'à côté et réapprovisionner le frigo en boissons et sodas. Avec cette chaleur, nous en avons beaucoup consommé ces derniers jours et nos réserves se réduisent comme peau de chagrin.

Bizarrement, Marie est là et me souffle :

– Dis-leur que tu restes te reposer.

Je m'exécute et les espionne, cachée derrière la porte entrebâillée de la chambre de Camille, j'entends leurs voix depuis l'entrée. Je ne peux pas distinguer ce qu'ils disent mais peu importe, je guette juste leur départ. Je regarde derrière moi en direction de Marie qui se tient à côté de la table de chevet où sont disposés une lampe, un réveil et à côté, un carnet rose ou plutôt un journal intime. Celui de Camille.

J'entends enfin la porte d'entrée claquer. Je ne sais pas trop ce que Marie attend de moi mais je me précipite vers elle.

En contournant le lit, je fais un mauvais calcul et me cogne violemment la cuisse dans le montant. Je fais les derniers pas vers elle en pressant fortement ma jambe avec le plat de ma main pour contenir la douleur lancinante.

– Tiens, regarde, il est resté ouvert, dit-elle en me tendant le journal de Camille, tu devrais le lire.

Je regarde autour de moi.

Je ne peux pas faire ça, trahir la confiance de Camille.

– Lis-le Amy, tout est là ! ordonne Marie. Vite, avant qu'ils reviennent !

Je reste immobile face à elle sans savoir quoi faire quand tout à coup, les coins de sa bouche s'affaissent de chaque côté de son visage en une bouche triste.

Puis, étrangement, ils continuent à glisser sur son cou lui donnant un air monstrueux à présent.

C'est bientôt tout son visage qui dégringole comme du caoutchouc fondu.

Je fixe alors son bras tendu vers moi dont la peau, détendue aussi, se met à couler littéralement vers le sol en petites gouttes.

Je regarde Marie s'affaisser peu à peu et rapetisser comme une bougie qui se consume et dont la cire s'écoule de part et d'autre.

Bientôt ses jambes ne sont plus qu'un magma blanc.

Je recule, pétrifiée.

Elle continue à geindre mais je ne parviens plus à distinguer ces propos à présent.

Je sens mon cœur battre à tout rompre tant j'ai peur quand soudain je me réveille en sursaut.

Assise dans mon lit, je distingue à peine les contours de mes meubles dans l'obscurité. Puis, mes yeux s'habituant, il me semble distinguer la silhouette de Marie dans un coin de ma chambre à qui je crie avant de rabattre la couette sur moi et de me rendormir :

– Laisse-moi Marie ! Va-t-en !

12

C'est enfin les vacances d'été.

Avec Camille nous avons eu notre brevet haut la main grâce à toutes les révisions que nous avons faîtes ensemble.

Après les résultats, ses parents nous ont invitées, Maman, Elo et moi, à la pizzeria du centre-ville pour le fêter.

Maman qui n'aime pas sortir habituellement a accepté sans hésiter.

Au restaurant, le père de Camille a commandé une bouteille de Chianti et après avoir servi sa femme et Maman, il nous en a versé un demi-verre à Camille, Axel, Elo et moi en disant que lorsqu'on fête un évènement, il faut trinquer.

Maman qui ne boit jamais nous a même accompagnés. Nous avons passé la soirée à plaisanter et j'ai été surprise de voir Elo rire et discuter avec Camille et Axel, elle qui apprécie très peu mes amis habituellement.

Maman a finalement annulé nos vacances à la mer.

Elle a accepté le licenciement de son patron et a rondement négocié un chèque de départ avec lequel elle a acquis une serre pour ses orchidées qu'Axel et son père ont monté dans notre jardin.

Elle y fait pousser des orchidées de toutes sortes et en importe certaines espèces pour les revendre sur internet. Après un démarrage relativement calme, son entreprise est déjà florissante après quelques semaines d'activité.

Comme je ne pars plus en vacances cet été, je passe le plus clair de mon temps chez Camille et Axel.

Aujourd'hui, le soleil brille fort et la chaleur est intenable alors je suis allée me réfugier à l'ombre du saule pleureur qui se trouve dans leur jardin.

Allongée sur un transat en maillot de bain, je me repose les yeux fermés, ensuquée par la chaleur, quand Axel me sort de mon demi sommeil en m'embrassant sur la bouche.

– C'est le dernier, me dit-il en me tendant un verre de soda bien frais.

– Merci mon cœur, dis-je en portant le verre à mes lèvres.

Je bois quelques gorgées et tandis qu'Axel se fait une place sur le transat à côté de moi, il ajoute :

– Il fait vraiment trop chaud aujourd'hui. On devrait à la piscine cet après-midi.

– Oui, t'as raison, dis-je en m'essuyant le front où la sueur a perlé.

Je finis le verre de soda et le redonne à Axel.

Puis, je me lève du transat et enfile mon short en jean et mon haut blanc que j'avais laissés choir sur le sol quand Camille nous rejoint.

– Il faut d'abord aller en course, dit-elle. On a plus de boissons, le frigo est vide.

– Tu viens avec nous ? me demande Axel.

Je les regarde tour à tour et observe ma tenue : c'est étrange, c'est comme dans le rêve que j'avais fait après le départ de Marie.

– Je préfère rester ici pour me reposer encore un peu avant d'aller me baigner, dis-je, ça ne vous dérange pas ?

– Non pas de problèmes, répond Camille, va t'allonger dans ma chambre si tu veux, il fait plus frais.

Nous entrons tous les trois dans la maison et après qu'Axel m'ait serré dans ses bras pour m'embrasser avant de partir, je me dirige vers la chambre de Camille et reste derrière la porte entrebâillée.

Je ne peux pas distinguer ce qu'ils disent mais peu importe, je guette juste leur départ. Je regarde derrière moi en direction de la table de chevet où sont disposés une lampe, un réveil et à côté, le journal intime de Camille qui n'est effectivement pas cadenassé pour une fois.

Je tremble d'impatience à présent. J'ai hâte qu'ils quittent la maison pour que je puisse ouvrir le journal et lire ce que Camille a consigné dedans. Je n'ai aucune idée de ce que je vais y trouver mais j'ai maintenant la conviction qu'il cache quelque chose d'important.

J'entends enfin la porte d'entrée claquer. J'ai trente minutes devant moi, pas une de plus alors je me précipite vers le journal.

En contournant le lit, je fais un mauvais calcul et me cogne violemment la cuisse dans le montant. Je fais les derniers pas vers la table de chevet en pressant fortement ma jambe avec le plat de ma main pour contenir la douleur lancinante.

– Quelle imbécile ! J'aurai pu l'éviter celle-là ! dis-je tout fort.

Je saisis le journal, m'assieds en tailleur à même le sol et l'ouvre à la première page avec une certaine nervosité. Je lis les premières lignes attentivement puis ce qui suit en diagonale car elles ne contiennent que des banalités. Camille raconte ce qu'elle a mangé ce jour-là, qu'elle a fait une balade en vélo etc. Rien d'intéressant en somme.

Je tourne les pages au hasard et laisse mon instinct me guider. Je vois mon nom "Amy" écrit à plusieurs reprises alors je m'arrête et reprends la lecture depuis le haut de la page. Camille parle de moi, de la première fois où je suis venue ici lui donner des cours du soir. Un peu plus loin, elle parle aussi de Marie, ma meilleure amie cette année.

Comme je ne trouve rien d'exaltant, je me décourage rapidement, je passe quelques pages et lis la suite de manière détachée.

Puis, je me ravise. Je repense au rêve avec Marie et je décide de revenir en arrière et de lire sérieusement.

Quand soudain, je tombe au bon endroit.

Lundi 30 Mai 2016

Cher journal,

Amy est venue aujourd'hui comme d'habitude pour réviser.

Ça fait un mois qu'elle vient ici et c'est la première fois que nous parlons vraiment.

Je trouvais ça bizarre qu'elle ne traîne plus avec ses potes depuis quelques temps mais elle m'a tout expliqué.

J'hallucine ! Max aurait abusé de Leslie, et Thibaut, son petit ami, se tape Marie, sa meilleure amie.

Tu parles d'une gloire !

Il y a quelques temps, je me serai foutue d'elle mais après avoir passé du temps ensemble, je me suis attachée à elle.

C'est une fille bien, même si à priori, elle a pour habitude de voler dans les magasins.

Il y a juste un truc que j'ai pas dû bien au comprendre.

J'étais persuadée qu'Amy et Marie étaient ensemble en cours mais en fait, il n'y a pas de Marie dans sa classe. Et pas une seule qui corresponde à la description qu'elle en fait dans tout le collège.

J'ai pas dû bien comprendre, ça doit être une copine de son ancien collège ou quelque chose comme ça.

Je relis ce passage une deuxième fois pour être sûre de bien le comprendre.

Puis, en proie au doute, je saisis mon téléphone et appelle Elo.

J'entends la tonalité, une fois, deux fois, trois fois quand enfin elle décroche.

– Allo ?

– Elo c'est moi ! dis-je en criant presque.

– Ah ! ça va ma sœur ?

– Ouais ça va.

– Je te garde pas longtemps, je dois partir, dit-elle.

– Ça tombe bien, j'ai pas beaucoup de temps non plus, dis-je empressée. Je voulais savoir, qu'est-ce que t'as essayé de dire sur Marie l'autre jour ?

– Pourquoi tu me demandes ça ?

– Parce que j'ai besoin de savoir Elo !

– Tu veux pas rentrer à la maison pour qu'on en parle ? propose-t-elle.

– Non, je veux savoir maintenant !

Puis les choses me paraissent claires tout à coup :

– Elle n'existe pas Marie en fait, c'est ça ?

– Oui, c'est ça, répond-elle sur un ton grave, je crois que tu l'as imaginée mais quand j'y pense, tu t'inventais souvent des histoires quand tu étais petite, tu sais. Avec Maman, on s'est dit que tu l'avais peut-être inventée parce que tu te sentais seule depuis que tu avais changé de collège et que ça finirait par passer.

– Comment tu peux savoir ça ? J'ai vécu chez Mamie jusqu'à mes cinq ans !

– Quoi ? s'étonne-t-elle, mais non Amy, pourquoi tu dis ça ?

– Bah quand je vivais chez elle, à cause des disputes entre Papa et Maman…

– Mais non, tu y es allée quelques jours quand Maman a déménagé ici même que je suis allée chez notre voisine pendant ce temps-là, tu te rappelles pas ?

– Non, je ne me rappelle pas de ça. Tu me dis tout le temps que c'est de ma faute s'ils sont séparés !

– Non, je te dis ça quand je suis en colère mais c'est pas vrai. Oh ! Amy ! Qu'est-ce que tu as imaginé tout ce temps ? dit-elle, peinée.

– Je sais pas, je suis perdue en fait. Et quand Maman est venue me chercher chez Mamie, ça s'est mal passé, hein ? demandé-je en repensant à ce jour-là.

– Pas spécialement, t'as fait un caprice effectivement pour rester chez Mamie mais je ne crois pas qu'il y ait eu autre chose.

– Ok, dis-je, abattue.

– T'es où Amy là ?

– Chez Camille et Axel.

– Tu veux que je vienne te chercher ? demande-t-elle.

– Non, ça va, t'inquiète pas. Je rentre ce soir de toute manière.

– Ok et on en reparle ce soir avec Maman, d'accord ?

– D'accord.

– On va arranger tout ça Amy, ok ?

– Ok, à plus tard, dis-je précipitemment.

Après la conversation, je reste un moment assise par terre, le journal ouvert sur mes genoux à me remettre les idées en place quand soudain je pense à Thibaut.

Il disait donc vrai, il ne m'a jamais trompée et je comprends mieux pourquoi il ne parlait jamais d'elle. Tout cela est évident maintenant.

Je me rappelle aussi la fois où je prenais un bain avec Marie et que Maman était entrée pour me demander à qui je parlais. Je pourrai jurer qu'elle était bien là, en face de moi, à écouter mes confidences mais je parlais toute seule en réalité. J'aurai dû m'en douter à la façon dont Maman s'est effacé ce jour là.

Je me dis qu'elle devait être un genre de double qui me tenait compagnie dans mes moments de solitude et qui tentait de me guider.

Mais mon imagination débordante a dû me jouer des tours et je l'aurais alors imaginé dans les bras de Thibaut.

Mais qui aurait alors enlevé les vêtements volés de mon armoire ? pensé-je, ça ne tient pas debout !

Guidée par mon instinct, je décide donc de reprendre ma lecture en me disant que je trouverai certainement une réponse.

Samedi 4 Juin

Cher journal,

Axel a le béguin pour Amy, ça crève les yeux !
Je comprends mieux pourquoi il s'est inscrit au basket en cours d'année. En fait, il cherchait à se rapprocher d'elle.

Je repense alors au match de basket où je me rendais le week-end et je comprends qu'Axel s'était inscrit dans l'espoir de me croiser de temps en temps, c'est adorable.

L'autre jour, j'ai raconté à Axel, qu'elle et ses copines piquaient des fringues dans les magasins et qu'elles les planquaient chez Amy.

Mais maintenant qu'elles étaient fâchées, j'ai dit à Axel que j'étais inquiète, que l'une d'entre elles allaient forcément balancer et qu'Amy allait avoir des problèmes.

Il m'a regardé très sérieusement et m'a dit qu'il s'en occupait.

Quand j'ai su qu'il s'était introduit chez Amy comme un voleur pour tout récupérer et tout mettre à la benne, je me suis dit qu'il devait vraiment être fou d'elle.

Je souris à moi-même en lisant cela et je me dis que je dois beaucoup à Axel. C'est lui qui m'a sorti de là en fait, il est vraiment parfait, pensé-je.

Puis, prise dans un élan romantique, je lis la suite.

Lundi 20 Juin

Cher journal,

Je dois te confier quelque chose que je t'ai cachée mais que je ne peux plus garder pour moi.

C'est d'ailleurs la dernière fois que j'écris ici et quand je te l'aurai raconté, je me sentirai plus légère.

Un soir, Axel est rentré plus tard que d'habitude. Je me suis dit qu'il devait traîner quelque part.

Mais quand il est rentré, je l'ai trouvé bizarre. Je l'ai rejoint dans sa chambre et il tournait comme un lion en cage, l'œil hagard. Je lui ai demandé ce qui se passait et il m'a dit qu'il avait croisé Amy en sortant d'ici et qu'elle semblait préoccupée. Il s'est mis alors à la suivre discrètement et l'a vue entrer chez Thibaut. Il s'est mis à pleurer comme un enfant en me racontant cela. Je l'ai alors consolé et quand il s'est calmé, il m'a dit qu'il ferait tout pour qu'ils ne se remettent pas ensemble.

Je me rappelle alors le jour où je suis allée chez Sandrine récupérer la tunique qu'elle m'avait faite. Axel a dû penser que j'avais rendez-vous avec Thibaut.

Un soir, Max, avec qui il fait du basket, est venu ici après l'entraînement.
J'ai espionné leur conversation et Max lui disait qu'il venait de plaquer Leslie et qu'elle l'avait très mal pris. Elle l'a harcelé de messages pendant un moment et comme Max ne répondait plus, elle l'a menacé de raconter à tout le monde qu'il l'avait violée s'il ne revenait pas.
Max était très inquiet. Il a dit à Axel qu'il risquait d'avoir de graves problèmes à cause d'elle.

Leslie aurait menti, pensé-je.
Mes yeux commencent alors à se troubler en pensant à Max, mon ami et mon complice. Les larmes envahissent bientôt mes yeux à tel point qu'il m'est difficile de continuer ma lecture. Les mots

s'entrechoquent et ne forment plus qu'une longue trainée noire.

Comme je regrette !

Je m'essuie le visage du revers de la main en reniflant pour pouvoir reprendre ma lecture au plus vite avant qu'Axel et Camille ne reviennent et me prennent sur le fait.

Puis, Axel a fait quelque chose d'étrange : il a dit à Max qu'Amy était au courant de l'histoire et qu'elle m'en avait déjà parlé et que ça risquait de se savoir rapidement si elle continuait.

Je n'ai pas compris sur le coup pourquoi il avait dit ça. Mais j'ai compris ensuite qu'en montant Max et Amy l'un contre l'autre, il coupait définitivement Amy de la bande et qu'il n'y aurait aucune chance qu'elle se réconcilie avec Thibaut et que ce serait l'occasion qu'elle lui tombe dans les bras. Et c'est exactement ce qui est arrivé.

Je m'en mords les doigts d'avoir partagé les confidences d'Amy avec Axel. Je pensais pas qu'il en arriverait là.

Le soir où Amy est venue ici pour travailler et qu'elle m'a dit que Max l'avait frappée, j'ai culpabilisé. J'ai pensé que c'était de ma faute.

J'aime mon frère mais j'aime Amy aussi.

Mon instinct me pousse à laisser ce journal ouvert en espérant qu'elle ait l'audace de le lire et qu'elle découvre toute la vérité.

Je repose le journal à sa place, sur la table de chevet, anéantie et me dit que j'aurai mieux fait d'écouter Marie, même si elle n'existe pas : elle a tenté de me transmettre des messages que je n'ai pas crus. A aucun moment, je n'ai envisagé qu'elle puisse être un ange gardien.

Dans cette histoire, tout venait de Leslie et je n'ai pas voulu y croire.

J'ai perdu Thibaut et Max bêtement, à cause d'une erreur d'appréciation.

Et alors que je croyais Axel attentionné en découvrant tout à l'heure qu'il avait couvert mes vols, je me rends compte à présent que c'est un manipulateur et que c'est lui, qui, tirait les ficelles de cette histoire sordide. Recroquevillée sur le sol, apeurée, me demandant comment je vais me dépêtrer de cette situation, je me tends tout à coup comme un arc lorsque j'entends un fracas contre la fenêtre.

Je lève alors les yeux et aperçois Axel, revenu de courses, derrière la fenêtre fermée.

Il me regarde avec son sourire bienveillant habituel et me dit simplement :

– Bah alors ? On va à la piscine ?